角川春樹事務所

目次

江戸のお金の豆知識②

食の基本6品目価格表

品目	江戸の価格例（約）	現代の価格例（約）
米	1升 25〜65文	1升 400〜600円
	米は、年貢となり、武家の家計を支えるものでもあった。このため市中で売買され、農民が雑穀や野菜を混ぜた飯を食べる状況でも、都市部の庶民は白米を食せた。1升1.5キロとして計算。	
塩	1升 12〜20文	1升 600〜950円
	塩の生産が盛んだった瀬戸内海地域の沿岸10カ国のものが「十州塩」と呼ばれ、上方からの下り塩として高級品とされた。とくに現代同様、赤穂の塩は有名。1升1.9キロとして計算。	
醤油	1升 50〜80文	1升 1,000〜1,500円
	江戸前期には1升100文前後という高値だったが、後期、上方から大量に流入し、房州での生産も始まり、日常的に使えるようになった。東の濃口醤油が割安。	
味噌	1升 25〜50文	1升 1,400〜2,500円
	「味噌買う家に蔵は建たぬ」「買い味噌は恥」といわれ、商売になりにくい品だったが、商人や職人の多い江戸では次第に味噌屋で買うようになっていった。1升2.2キロとして計算。	
酢	1升 30〜60文	1升 400〜1,000円
	江戸の町で鮨が大受けしているのを知った尾張半田村の酒造家・中野又左衛門が、文化元年、酒粕を原料に粕酢作りに成功してから大量生産が実現、安価が定着した。	
白砂糖	1斤 400〜600文	上白糖1斤 100〜200円
	輸入に頼っていた高級品で庶民に手が出るものではなかったが、吉宗が推奨して以降、徐々に国内生産が増加し、料理にも使うようになっていった。1斤600グラム。	

※ここで挙げた物価は、江戸後期（享保以降）の事例から目安として示したものであり、時期、場所、品質などにより価格は異なりました。また同じ史料から事例を拾うのは困難であるため、複数の資料を参考にしました。現代の価格は、同じ斤量で換算したおおよその一般的な値です。

日雇い浪人生活録〈二〉

金の諍い（いさか）い

主な登場人物

諫山左馬介（いさやまさまのすけ）……親の代からの浪人。日雇い仕事で生計を立てていたが、分銅屋仁左衛門に真面目で機転もきく仕事ぶりを買われ、月極で用心棒として雇われた。甲州流軍扇術を用いる。

分銅屋仁左衛門（ふんどうやにざえもん）……浅草に店を開く江戸屈指の両替屋。夜逃げした隣家（金貸し）に残された帳面を手に入れたのを機に、田沼意次の改革に力を貸すこととなる。

喜代（きよ）……分銅屋仁左衛門の身の回りの世話をする女中。少々年増だが、美人。

加賀屋（かがや）……神田駿河町の札差。江戸でも指折りの金満家。地回りの久吉（ひさきち）らを使い、分銅屋の手中にある帳面を狙っている。

徳川家重（とくがわいえしげ）……徳川幕府第九代将軍。英邁ながら、言葉を発する能力に障害があり、側用人大岡出雲守忠光を通訳がわりとする。

田沼意次（たぬまおきつぐ）……亡き大御所・吉宗より、「幕政のすべてを米から金に移行せよ」と経済大改革を遺命された。実現のための権力を約束され、お側御用取次に。

お庭番（黒ずくめの者たち）……意次の行う改革を手助けするよう吉宗の命を受けた隠密四人組。明楽（あけら）飛騨（ひだ）、木村和泉（いずみ）、馬場大隅（おおすみ）と、紅一点の村垣伊勢（むらがきいせ）。

第一章　争う商人

一

浅草門前西で両替商を営んでいる分銅屋仁左衛門は、目の前に座る神田駿河町の札差加賀屋を見た。

「なんとおっしゃいましたので」

「おや、小声すぎて聞こえませんでしたかね」

加賀屋がわざとらしく首をかしげた。

「では、もう一度言いましょう。よく聞いてくださいな」

声を大きくして、加賀屋が続けた。

「わたくしの下にお入りなさい」

加賀屋が手を出した。

「そのお手はなにでございますか」

「いつまでもとぼけていられると思っているなら、甘い」

わからないと怪訝(けげん)な顔をした分銅屋仁左衛門に、加賀屋が目つきを険しいものへと変えた。

「隣の屋敷に放置されていた帳面だよ。わかっているだろう。さっさと出しなさい」

加賀屋が命じるように言った。

「帳面……反故紙(ほごがみ)の固まりでしたらございましたが」

「それだよ」

伸ばした手を加賀屋がさらに突き出した。

「おいくらでお買い求めいただけますので」

分銅屋仁左衛門が問うた。

「さっきも言ったろう。わたしの下についたら、加賀屋の両替全部を任せてやると。年に十万両を取り扱うんだうちは。両替の割前を一分にしても、千両だよ。小銭を小判に替えるだけで千両だ。これ以上は贅沢(ぜいたく)というもの」

払う気はないと加賀屋が言った。

「千両……たったの」

分銅屋仁左衛門が驚いた顔をした。

「なんだと」

あきれられた加賀屋の顔に怒気が走った。

「失礼ながら、当家の商いはそれほど小さくございません。ほとんどの両替屋が大坂に本店を持つ出店であるなか、江戸で代を重ねて参ったのがこの分銅屋でございます。一年千両で配下に入れとは、いささか安く見られましたようで」

とても足りないと分銅屋仁左衛門が堂々と告げた。

「……身のほどを知らないな。おまえさんは」

加賀屋の声が低くなった。

「いくら欲しい」

「さようでございますな。年間一万両はちょうだいしたく」

「ふざけるんじゃない」

あまりに大きな金額に加賀屋が憤慨した。

「たかが両替屋風情(ふぜい)が、一万両だと……」

「そのお言葉そのままお返ししましょう。他人の米を売り買いして稼いでいる札差風情がこの分銅屋仁左衛門を配下にしようなど、思いあがりも甚だしい」

分銅屋仁左衛門が言い返した。

「きさま、わかっているのか。儂(わし)を敵に回すということの意味を」

「わかってませんよ。当たり前でしょう。わたくしは、加賀屋さんがどれほどのお方かさえも知りませんのでね」

怒りに震える加賀屋を分銅屋仁左衛門が追い打った。

「こ、こいつ……」

「加賀屋さん。商いには商いの決まりごとというものがございましょう。分銅屋仁左衛門になにかをさせたいならば、相応のものをお払いいただかねばなりませんし、なにかを買いたいなら、釣り合うだけの金をお支払いにならねばなりません。千両、たしかにすさまじい金額ですがね。もらえるという保証はどこにございます」

「な……」

分銅屋仁左衛門の言いぶんに加賀屋が詰まった。

「わたくしは両替商でございまする。金貸しなどもいたしておりますがね。それは副業、あくまでも生業(なりわい)は両替」

少し分銅屋仁左衛門は間を空けた。

「両替はその場での現金決済。どこに付けで両替を求める者がおりますか。約束手形、それも口先だけのものは、当店では取り扱っておりませぬ。どうぞ、他所（よそ）さまへお出（い）でを」

ことさらていねいに分銅屋仁左衛門が腰を折った。

「……ここまで馬鹿にされたのは初めてだ」

憤怒（ふんぬ）の表情で加賀屋が立ちあがった。

「かならず、後悔させてやる」

分銅屋仁左衛門を指さして、加賀屋が宣言した。

「あいにく後悔だけはしないことにしておりましてね。後悔なんぞしたら、死ぬときに未練が残りますから。人は死ぬときになにも持ってはいけぬのでございますよ。金はもちろん、大店（おおだな）の暖簾（のれん）も、商人の矜持（きょうじ）も、気に入りの妾（めかけ）も……そして後悔の思いもね」

「…………」

捨てぜりふまで切り返された加賀屋が、無言で出ていった。

「ふううう」

大きく息をついた分銅屋仁左衛門が客間を出た。

「諫山さま」

「分銅屋どの」

念のためにとおこなった裏の見回りから戻っていた用心棒諫山左馬介が隣室から顔を出した。

「異状はなかったようでございますな」

なにかとちょっかいをかけてきた加賀屋が来た。ひょっとすれば、無頼などを手配しているかも知れない。表から加賀屋が金で懐柔し、搦め手として暴力で脅す。店へ暴れこまれるのを危惧した分銅屋仁左衛門は、左馬介を裏口の警戒につかせていた。

「加賀屋は帰ったのか」

「月代まで真っ赤にしながら。いやあ、あそこまで人は赤くなるんですな」

訊いた左馬介に笑いながら分銅屋仁左衛門が告げた。

「わざと怒らせたのであろうに」

勝手に怒ったような言い方をする分銅屋仁左衛門に左馬介が苦笑した。

「お茶でもしましょう。喉が渇きました」

分銅屋仁左衛門が左馬介を居室へ誘った。

「先に戻っていてくれ。加賀屋が帰ったのだ。念のために一回りしてくる。裏口から出て、表に回るゆえ、閂をかけてもらいたい」

太刀を腰に差し、代わりに帯に挟んであった鉄扇を左馬介が手にした。抜き身で出歩けば、即座に町方が飛んでくるが、鉄扇では誰も騒がない。暗器としても知られる鉄扇は目立たないのも特徴であった。

「わかりました」

分銅屋仁左衛門に見送られて、左馬介は裏口を出た。

ちょっとした商家は、表通りに出入り口を持つ。貸し座敷や妾商売だと目立たないように、路地側ということもあるが、分銅屋仁左衛門は浅草寺門前町通りに表を向け、一筋はいったところに裏木戸を設けていた。

「…………」

裏木戸を出た左馬介は、戸が閉まり閂のかかる音がするまで動かなかった。

「よし」

音を聞いた後、左馬介は裏木戸を手で押して、念入りに閉じられているかどうかを確認した。

「さて……」

左右を見た左馬介は、右へと進んだ。

分銅屋は大店である。

両替商はあまり広くなくても商いができる。扱う商品が見本を用意したり、展示したりしなくていいものだからだ。客が両替を望んで持ちこんだ金に合わせて、奥から持ち出してくればすむ。それこそ、店は数人が座れるだけあれば困らない。それでも分銅屋の敷地がほぼ辻から辻まであるのは、蔵がいくつも建てられているからであった。

商家にとって怖ろしいのは盗賊ではなかった。

江戸は町奉行所の支配下にあり、治安は他に比べてよかった。たしかに盗賊もでないではないが、そのほとんどは町奉行所に捕まっている。これは町内皆が顔見知りという構造も大きく寄与していた。同じ町内ならば、まず全員顔見知りなのだ。

知らない者が入りこめば、目立つ。すぐに町奉行所へ報せが行き、町方が走ってくる。さらに御定書百箇条に明記されている「十両盗めば死罪」が効いていた。盗賊は捕まればまず死罪になる。こうして盗賊の数は減り、商家の被害は少なくなる。

では、なにが脅威なのか。

江戸の商家がもっとも怖れるのは、火事であった。

天下の城下町として多くの人を内包している江戸は、広大である。しかし、そのほとんどを武家屋敷が占める。町屋は武家屋敷の狭間か、あらたに開かれた深川や本所、寺社の門前などに建てるしかない。当然、隙間もないくらい密集する。

そのうえ、町屋は木と紙でできている。瓦屋根を擁せるのは、よほど裕福な商人か、高名な職人だけで、日雇いや奉公人などがすむ長屋のほとんどが板葺きである。

この状況で火事が起これば、たちまち燃え広がる。

火はすべてを破壊する。人の命も、家財も、灰燼に帰す。金さえも例外ではなかった。

たしかに金は燃えない。が、溶けるのだ。そして溶けた小判はその価値を失う。幕府がそれを否定するからである。

流通する金のうち、銭だけが他国のものを含んでいる。過去の宋銭、明銭などが普通に使えている。これは庶民の生活の中心として酷使されるため、銭の数が足りていないからであった。

それ以外の金貨、銀貨はすべて幕府が製造していた。もちろん、幕府が直接つくるわけではなく、小判における金座の後藤家のように世襲する鋳造師の請負であった。

とはいえ、それらすべては勘定奉行の配下金改め役によって検査され、密造、偽造は厳しく咎められた。

とくに小判には、後藤家の極印が施されており、これがなければ通用しなかった。そう、溶けてしまえば極印は消える。たとえ金として認識できる状態で焼け残っていても、それはもう金ではなかった。

さすがに無価値にはならないが、もとの価格のはるか低い金額で後藤家へ引き取ってもらうしかなくなるのだ。

金を取り扱う両替商が、火事を怖れ、漆喰で四方を囲まれた蔵を建てるのは当然のことであった。

「ここまではなにもなしか」

路地を左右確認した左馬介は、表へ回った。

「相変わらず賑やかだ」

表通りは浅草寺へ参拝する客、吉原へ遊びに行く男などであふれかえっていた。

「これでは、誰がこちらを見ているかなどわからんな」

店の前で立ち止まって、辺りを見回してみても何一つわからない。

「宮本無二斎や柳生十兵衛のような達人ならば、このような状況でも敵を見逃さないのだろうが」

左馬介は苦笑した。

「警戒しているとみせつけるだけでも違うだろう」

盗賊は人の油断につけこむ。刺客や暴漢も同じである。もう一度念入りに辺りに目を配った左馬介は、暖簾を潜った。

「おや、諫山さま。いつのまに外へ」

番頭が驚いた。

「裏から出て、一回りしてきた」

「それはそれは、ご苦労さまでございまする」

番頭がねぎらった。

「これも仕事だでの」

言いながら番頭に近づいた左馬介がささやいた。

「少しでも気になるなら呼んでくれ。見間違いではないかなどと躊躇するのはなしで頼む」

「承知いたしました」

番頭がうなずいた。

表から店へ入り直した左馬介は、分銅屋仁左衛門の待つ奥へと進んだ。

「よろしいかの」

いきなり入るのは雇われの身としてふさわしくない。廊下に膝を突いて、左馬介は障子ごしに許可を求めた。

「どうぞ。お入りを」

「ごめん」

分銅屋仁左衛門の返答を聞いてから、左馬介は障子を開けた。

「お喜代(きよ)、茶を用意しておくれ」

分銅屋仁左衛門が、手を叩(たた)いて言いつけた。

「はい」

主(あるじ)一家の世話をする上(かみ)の女中の喜代の応答が聞こえた。

「楽にしてくださいな」

膝を崩していいと分銅屋仁左衛門が左馬介に勧めた。

「いざというとき、正座のほうが動きやすいのだ」

左馬介が断った。

「なるほど。さすがでございますな。さきほどの外を見てくる様子といい、なかなか諫山さまは慣れておられる」

分銅屋仁左衛門が褒めた。

「日当分は仕事をせぬと、次に声をかけてもらえなくなるからな。まじめな仕事振りが、明日を呼ぶ」

親の代からの浪人である左馬介は、その日暮らしの毎日を送っている。禄を与えられている武士とは違い、浪人は自力で稼がなければ喰っていけない。明日の米がない恐怖は、なによりもきついと知っていた。

「それをおわかりだというだけですごいことでございますよ。今まで来ていただいた方のほとんどは、その場を取り繕うだけで真剣にお仕事をしてくださいませんでした。もちろん、そんなお方は、さっさとお辞めいただいたうえで、引受人に苦情を喰らわせましたけどね」

分銅屋仁左衛門が口の端を吊りあげた。

「それは……」

左馬介の顔が引きつった。

江戸はよそ者に厳しい。町内に異物が入ることを嫌う。かといって、将軍の城下町として拡がり続けているだけに、人手は絶えず不足している。その不足を補っているのが、地方から江戸へ仕事を求めてやってくる他国者であった。

大工や左官、指物師などの技能を持つ者はあっさりと受け入れられる。その腕が身分を証明してくれるからだ。

他に職人の下働きや、商家の奉公人になる者もまだいい。問題は、得体の知れない浪人であった。

浪人には二種類あった。つい先日まで武士であったが、藩の都合、あるいは己の失策で放逐された者と、いつから浪人をやっているかわからない代々の者である。左馬介は後者であった。

さらに浪人は二つに分かれた。剣術の師範、寺子屋の師匠など生活の手段を持つ者と、なんの能もない者である。これでも左馬介は後者に入る。

浪人のなかでも質の悪いのが、左馬介のような連中であった。

武士としての矜持など生まれたときから持っていない、自活できるだけの技能もない。そんな浪人が、生きていくには、誰かに雇われるしかなかった。

といったところで、どこの馬の骨かわからない浪人を、なにも言わず雇うところなどない。いつ、腰に差した刀を抜いて強盗に変わるかわからないのだ。

そこで、浪人たちは身許引受人を探すことになる。誰か親戚でもあればいいが、なければ口入れ屋などに代理を頼むことになる。口入れ屋は浪人を手配することで得られる日当から幾ばくかを取りあげる代わりに、身許引受人を務めてくれる。

身許引受人には、責任が生じる。奉公先でなにかあったとき、それによって発生した損害を弁済しなければならなくなるときもある。

一度でも奉公先から苦情が持ちこまれたら、もうそういった形の身許引き受けはしてもらえなくなる。そうなれば、仕事はなくなる。あとは、飢えて死ぬか、腰の刃物にものを言わせて強盗に落ちるかしかなくなった。どちらにせよ、果ては破滅である。

「お茶をお持ちいたしました」

外から喜代の声がした。

「お入り」

分銅屋仁左衛門が招き入れた。

「まあ、喉を湿しながら、お話をしましょうか。先ほどの遣り取りを諫山さまにも知っておいていただかねばなりません」

「拙者は月極で雇われているだけだぞ。そんな重要な話を知るのは遠慮したい」

深くかかわるのは避けたい左馬介の腰が引けた。

「そうはいきませんよ。まちがいなく、加賀屋は諫山さまに手を伸ばしてくるでしょうからね」

「拙者はただの浪人だぞ」

左馬介が手を振って否定した。

「先ほど……」

嫌がる左馬介を相手にせず、分銅屋仁左衛門が加賀屋との遣り取りを語った。

「一年一千両を断った……」

左馬介は唖然とした。

一両あれば、庶民一家が一カ月生活できる。じつに庶民八十年からの大金であった。

「金ならば、別段困っておりませんし。なにより稼げばすみましょう」

なんでもないことだと分銅屋仁左衛門が口にした。

「加賀屋の誘いを断ったのは、田沼さまが先だったからか」

左馬介が気になったことを尋ねた。

加賀屋が来る少し前に、幕府御用取次の田沼主殿頭意次が、分銅屋を訪れて仁左衛門を勧誘していた。

「力を貸せ。分銅屋。天下を米から金へ代えようではないか」

田沼意次はそう言い、

「もちろんでございまする。金で商いをしているわたくしでございます。金のためならば、いくらでも力を出しましょう」

と分銅屋仁左衛門が了承していた。

「後先じゃございませんよ」

分銅屋仁左衛門が首を左右に振った。

「では、どこに違いが」

「加賀屋には我欲しかなく、田沼さまには夢があった。その差でございますな」

尋ねた左馬介に分銅屋仁左衛門が告げた。

「夢……」

商人の口から出るには珍しい一言に、左馬介は怪訝な顔をした。

「米から金。すなわち金を持っている者が強い。武家だというだけで威張っている連中に、商人が勝つ。この当たり前のことが公になる。世のなかがひっくり返りますよ。おもしろいと思いませんか」

声もなく分銅屋仁左衛門が笑った。

二

死した八代将軍吉宗から遺言として、幕府の経済を豊作不作で大きく左右される米ではなく、価値の一定した金へ代えていけと命じられたお側御用取次田沼意次は、ようやく踏み出した一歩にほっとしていた。

「なんとか金に詳しい分銅屋を引き込めたな」

「はい」

田沼意次の前には、お庭番明楽飛騨が畏まっていた。

「分銅屋の警固はどうなっておる」

一度火付けに遭っている分銅屋仁左衛門を放置するわけにはいかないと田沼意次は感じていた。

「村垣伊勢を付けておりまする」

明楽飛騨が答えた。

「一人で大事ないか」

「町の無頼ていどならば、十人こようが軽くいなしてみせまする」

懸念を口にした田沼意次に明楽飛驒が保証した。

「無頼ていどでなければどうする」

過信を田沼意次が諫めた。

「敵は加賀屋でございましょう。加賀屋ならばせいぜい浪人を出せるくらいで……」

「たわけっ」

自信をもって応えた明楽飛驒を田沼意次が叱りつけた。

「札差を舐めてはいかぬ。札差に金で押さえられている旗本は何千といるのだぞ」

「旗本が兵を引き連れて町屋を襲うと。そのようなまねをすれば家が潰れまする。いくら金を借りているとはいえ、家をなくしてしまえば意味がございますまい」

危惧した田沼意次に、そこまで馬鹿をするはずはないと明楽飛驒が首を左右に振った。

「表だっては出てくるまい。だがな、千石をこえる旗本には十分の家臣だけで六人はいるのだぞ。そのなかから剣の遣い手を送りこめばどうなる」

「一人や二人ならば、十分に」

「愚か者が」

ふたたび田沼意次が怒鳴りつけた。

「加賀屋が一人だけに声をかけると決めつけてどうする。己の範疇でものごとを予測するな。十人の旗本から二人ずつ人を出させれば、二十人ぞ。それでも村垣は勝てるのだな」

「……いいえ」

明楽飛騨がうなだれた。

「一対一ならば、お庭番に勝てる者はおるまい。柳生でさえな。しかし、数はそれ以上の力である。亡き大御所吉宗さまのご命で上様のご了承を受けていても、こちらにはそなたたちお庭番四人と拙者だけしかおらぬのだ。当家の家臣を加えたところで二十人に届かぬ」

「…………」

現実を突きつけられた明楽飛騨が言葉を失った。

「残りの二人はなにをしている」

「木村和泉は加賀屋を見張っておりまする。馬場大隅は勘定所の天井裏に忍び、不正がないかどうかを監視しておりまする」

田沼意次の質問に、明楽飛騨が告げた。

「勘定所で不正を見抜けるならば、馬場大隅は算盤が遣えるのだな」

「はい。馬場は算盤と算術を得意にしておりまする」

明楽飛騨が述べた。

「むうう。とても分銅屋に人手を割けぬな。勘定所ならば夜は空こう。夜間だけでも分銅屋へ行かせよ。とはいえ、ぎりぎりで回していては、いつかほころびる。疲れる前に交代できるようにしたいところだが……」

「はい」

手が足りないと嘆息した田沼意次に、明楽飛騨が同意した。

「そういえば……分銅屋にいた浪人者だが、あれはどうだ」

ふと思い出したと田沼意次が訊いた。

「場所次第でございましょう」

「……場所次第とは、どういうことじゃ」

田沼意次が問うた。

「あの者の剣術の腕は赤子よりましというところでございましょう」

「赤子に比されるとは、まったくだめということか」

田沼意次があきれた。

「よくそれで商家の番などしておるな」

「普通の無頼ならば、浪人が出てきただけで退きまする。そもそも用心棒の居る店に、無頼は近づきませぬ」

「勝てるだろうにか」

明楽飛騨の説明に、田沼意次が驚いた。

「浪人は太刀を持っておりまする。店を守るために振るって、相手を傷つけたところで重罪にはなりませぬ。功績があるので店も町方へ金を遣いまするし。せいぜい叩きか、所払いくらいで終わりまする。対して無頼は刃物を持つことも法に触れまする。それで店の者や浪人に怪我でも負わせれば、軽くて遠島、前科があれば死罪もありえますゆえ」

「くわしいの」

田沼意次が褒めた。

「二度ほど大御所さまから江戸向地回り御用を承りましたので」

お庭番には江戸の城下の情勢を調べ、将軍へ報告する江戸向地回り御用という役目があった。

「それもあって、今回のお役目に当てられました。ちなみに村垣伊勢も江戸向地回り御用を長くいたしておりました」

「ほう、あの女お庭番が、江戸城下に」

「はい。長く柳橋で芸妓をいたしておりました」

「芸妓を」

お庭番とはいえ、御家人である。その娘である村垣伊勢が芸妓に身をやつす。田沼意次が驚くのも無理はなかった。

「女の前で男は口が軽くなるもの。とくに酒が入れば、他人に話してはいけぬ秘密でさえ、漏らしますゆえ」

明楽飛騨が説明した。

「なるほど。女でなければできぬ任だな」

田沼意次が感心した。

「話がずれたな。問題は、分銅屋の守りだ」

田沼意次が、脇にそれた話題をもとに戻した。

「加賀屋は来ると」

「まちがいない。札差は米で喰っている。米が豊作でも不作でも札差は儲かる。手数料は米の値段で上下するが、そんなもの札差にとってみれば懐紙代でしかない」

本業の売り上げなど些細なものだと田沼意次は言った。

「札差の収入はほとんどが旗本、御家人への金貸しだ」

田沼意次が苦い顔をした。

「米が豊作になれば、年貢が増えたと喜ぶ旗本は気づいていない。豊作で米が余れば値段が下がる。実質の収入は変わらない。凶作だと年貢で取れる米は減るが、その分値段が上がるゆえ、収入はそれほど被害を受けない」

「旗本、御家人の収入は安定していると」

「禄米（ろくまい）支給を受ける御家人たちは、いささか話が変わる。現物支給だからな、もらう米は決まっている。あとは相場で金が変わる。豊作で減り、凶作で増える。もっともこれも十年の長さで見れば、平均しているだろうがな」

明楽飛騨の言おうとしたことに田沼意次が付け加えた。

「旗本に限っていえば、年の収入は変わらない。支出も物価の変動くらいだろう。わかるか、すでに支出が収入を凌駕（りょうが）している旗本は、借金をしなければやっていけない。いや、それどころか、借財を減らすことさえできない」

田沼意次が嘆息した。

「すでに侍は商人に負けている」

「……まことに」

言う田沼意次に、明楽飛驒が不本意そうに首肯した。

「勘定を面倒、金を汚いものとして放置してきた侍が悪い。これはたしかだ」

「はい」

「だが、そこにつけこんだ者がいる。札差を中心とする商人どもだ」

「…………」

熱の籠もった田沼意次の話を、明楽飛驒が傾聴した。

「このまま放置しておけば、旗本は札差どもを肥え太らせるための餌に落ちる」

「そこまで」

明楽飛驒が目を剝いた。

「商人を甘く見てはならぬ。あやつらは金のためならば、親でも売りかねぬ」

田沼意次が厳しい声で非難した。

「それも当然なのだがな。武家が槍と刀で戦うように、商人は金と才覚で世を渡っていくのだ。非難するのは筋違いであった」

田沼意次が反省した。

「……主殿頭さま」

すぐに意見を訂正した田沼意次に、明楽飛驒が感心した。

「まちがいは認めて、訂正せねばならぬ。これは上に立つ者ほど心しておかねばならぬことだ。まちがうことを恥と考え、それを隠しては、下に付く者が混乱する。また、上がそれをすれば下が倣う。こうなれば幕府は終わる」

「畏れ入りまする」

明楽飛騨の頭が自然とさがった。

「幕府を救うには、旗本をどうにかせねばならぬ。算盤を持てとはいえぬ」

戦場での命懸けで得た手柄を誇りにする武士にとって、金は汚いものであった。金さえあればなんでもできるという商人は、命を懸けさえしない臆病者として蔑む。いつからこうなったのかはわからないが、もう武士の身体と心に染みついてしまっている。それを変えるのは無理であった。

「馬鹿な旗本でも加算減算くらいはできよう。相場での変動で変化する米だからこそ、わけがわからなくなって札差の思い通りにされている。これを変える。石高を金にすればいい。百石取りは五十両取りに、千石は五百両取りにすれば、毎年同じだけの金額が手元に入ってくる。こうなれば、どれほどの馬鹿でも足りない金はいくらだかわかる。わかれば、それだけの金額が出るように、支出を減らせばいい」

「なるほど」

明楽飛騨が納得した。

「大御所さまのなされなかった大事じゃ。困難は覚悟せねばならぬ」

「わかっておりまする」

二人が顔を見合わせた。

「下手すれば、潰されるぞ」

「お庭番は大御所さまのためにございまする」

脅すような田沼意次に、明楽飛騨が言い放った。

「上様のためではないのか」

「大御所さまのお陰で喰うや喰わずの紀州家玉込め役から、天下の旗本へしていただいた。その恩を我らは忘れませぬ。もちろん、上様は大御所さまのお血筋。お守りはいたしまする。ご命も受けまする。しかし、我らの忠誠は捧げられませぬ」

明楽飛騨が宣した。

「人は己を知る者のために死すだな」

田沼意次が理解した。

「やらねばならぬ。ようやく端緒に付いたばかりだ。今、分銅屋を失うわけにはいかぬ。悪いが、おぬしもそちらに気を配ってくれい」

「承知いたしましてござる。では」

田沼意次の指示を受けた明楽飛騨が消えた。

加賀屋は店に帰ってきても不機嫌であった。

「ふざけたまねを……」

居室に腰を下ろした加賀屋は、煙管を乱暴に火鉢の角にぶつけた。

「どうしてくれようか」

加賀屋は分銅屋仁左衛門への報復を考えた。

「久吉には手出しをするなと釘を刺してしまったしねえ」

大店のなかにはなにかあったときのためにと、裏に通じる輩を飼っているところもある。加賀屋は久吉という地回りを出入りさせていた。

「分銅屋に手出しをすれば、お側御用取次さまが出てくる」

加賀屋が懸念するのは、田沼意次であった。

「ご老中さまにお話をしてみるかね」

江戸で指折りの札差として名の知れた加賀屋である。膝詰め談判できる老中も何人かいた。

「田沼さまを京か、大坂へ出していただければ、分銅屋を痛めつけられる」

加賀屋が思いついた。

「誰か、いるかい」

店の者を呼ぼうと加賀屋が手を叩いた。

「へい。なんでございましょう」

すぐに若い手代が顔を出した。

「次郎かい。ちょうどいい。おまえ、ご老中さまの本多(ほんだ)伯耆守(ほうきのかみ)さまのお屋敷を知っているね」

「存じておりまするが」

次郎と呼ばれた手代がうなずいた。

「ひとっ走りしてきておくれ。明日、加賀屋が御用人さまにお目にかかりたいと言っているとね」

「へい。お屋敷へお邪魔する、でよろしゅうございますか」

「馬鹿を言うんじゃないよ。ご老中さまの御用人さまとお話をするんだ。お屋敷ではこっちの目的が果たせない。おまえ、お屋敷のあとで吉原に回って、揚屋町(あげやまち)の京屋へ行きなさい。明日の七つ（午後四時ごろ）から二人の宴席を頼むとね。ああ、女は極上を用意しろと念を押すんだよ」

「承りましてございまする」

次郎が走っていった。

「ご老中さまに会うにも手順が要る。面倒だが、用人を飛ばして直接ご老中さまに話を持ちこめば、あとで嫌がらせをしてきかねぬからな。金の計算もできないくせに、しっかりともらうものだけは忘れやしない」

腹立たしげに加賀屋が吐き捨てた。

札差という商いは、もともと蔵米を支給される旗本、御家人の代行であった。浅草の米蔵まで米を取りに行き、そこから自家消費分を除いた残りを売る。幕初、旗本や御家人はこうやって主食と現金を手に入れていた。

しかし、武士に商いはできなかった。当初、余った米を屋敷の前で路上販売していたが、値切ろうとする庶民との遣り取りをこなせない。

「無礼者。将軍家より拝領した米を、そんな値段で売れと申すか」

「ざる一つ分だけ欲しいだと。面倒をいうな。一升以下では売らん」

商売がわかっていないだけでなく、一升いくらならばざる一杯で何合になるからこの金額になるという勘定ができない。怒鳴れば庶民など萎縮して、思うがままになると思いこんでもいた。

「へ、へい」

「すみませぬ」

一度は庶民も恐縮して、逃げ出すか、言うがままに応じる。だが、そんなやり方で再来はない。

「へん。偉そうに。将軍さまの米だあ。作ったのは百姓じゃねえか。てめえらは田を耕すこともなく取りあげただけ。米なんぞ、どこで買おうが喰えば同じなんだよ」

「一升買うと生活に困るから、それだけでいいって言ったのに無理矢理売りつけるなんて……お金が足りなくなったじゃないか。どうやって店賃を払えばいいのさ」

その日暮らしが多い庶民は、一文、二文を大切にする。しなければ待っているのは、飢えか宿無しなのだ。顧客のつごうを考えない押しつけの販売を二度とは使わない。

「米が売れぬ」

「なぜだ。庶民どもは、米を喰わぬのか」

あっという間に旗本の商売は破綻した。

米ならば喰えばすむ。そういった問題ではなかった。旗本や御家人でも米ばかりで生活しているわけではない。菜も魚も買う。食事だけではない。武具の手入れや衣服の購入にも金は要る。

「どうにかならぬのか」

旗本、御家人が困惑しきったところに、目を付けた町人がいた。

「禄米切手をお預かりできましたら、米蔵での受け取りから、お召しあがりになる分の運搬、残りの販売もいたしまする」

こう言い出す者が現れた。

「いささか手間賃をいただきますが」

「任せる」

困りきっていた旗本、御家人が飛びついた。

「では」

禄米切手を預かって浅草米蔵に行けば、身分の確認なしに書かれているだけの米がもらえる。

決められた数日で、何万という旗本、御家人に米を支給しなければならないのだ。それこそ猫の手も借りたいくらい忙しくなる。浅草米蔵の役人は、一々確認など取っていられない。

そもそも人の顔なんぞどうでもいいのだ。旗本、御家人は代替わりをする。当主の顔を覚えても、知らぬ間に代わっていることが多い。せっかく覚えたのが無になる。

ならば、形式を整えればいい。

禄米切手を見せた相手に、米を渡す。これは当然の行為で、それが盗難にあったものでも、油断した旗本の責任である。

「これは何々家の米だ」

とはいえ、何万という米俵が混在する。米俵に名前が書いてあるわけでもない。

「なにをいう。ここからここまでは、儂の扱いじゃ」

最初は、判別が付かなくなってもめた。

「こうすればいい」

他家との区別を付けるため米俵に、取り扱う者の名前が入った小さな木札を差すようにした。これが札差の始まりであった。

札差は便利である。もう、浅草米蔵まで重い米を取りに行かずとも、札差が喰うだけの米と余りを売った金を届けてくれる。

「来年も、いや、ずっと頼むぞ」

人は楽を覚えてしまえば、もとにもどれなくなる。

もともと戦いに強ければ、それが偉いという武士の世である。金勘定などできない。

あればあるだけ遣うのが武士であった。

「なになにを買ってこい」

「あいにく、金子(きんす)がございません」

当主の命に用人が首を横に振る。

「なければ札差に申せ。あやつらに禄を預けてある」

いくら入って、いくらまでなら遣っていいという、子供でもわかる勘定をほとんどの旗本ができなかった。しなかった。

「はい」

主命ならばしたがうしかない。用人は札差のもとへ行き、金策を求める。

「わかりましてございまする。来年のお禄米が出るまで、お貸しいたしましょう。ただ、わたくしも商いでございますれば、些少(さしょう)でも利息をいただかねばなりませんが」

「構わぬ。とにかく、金を頼む」

用人にしてみれば、利子よりも現金が手に入るかどうかが重要である。金なしで帰れば、主から叱られる。それを嫌がった用人は、あっさりと札差の罠(わな)にはまってしまう。

後はもう坂道を転がり落ちるだけであった。

来年の禄が再来年になり、三年先、五年先、十年先とどんどん担保が増え、借財で身動きが取れなくなる。幕府にいる旗本、御家人のほとんどが札差に頭が上がらなくなるまで、それほどのときはかからなかった。

「本多伯耆守さまの御用人の稲垣さまが、わかったと」

一刻半（三時間）ほどで次郎が帰ってきた。

「ご苦労だったな。明日は、おまえも供をしなさい。これからも稲垣さまとの応対は、おまえにさせるからね」

「はい」

主の言葉に、次郎が首肯した。

三

用心棒の仕事は多岐にわたる。片膝を立てて背中を柱に預け、一日刀を抱いて座っているというわけにはいかなかった。

「諫山先生、ちょっとお願いできますか」

「おう、味噌樽の下を掃除するのか。わかった。持ちあげよう」

喜代に頼まれて、重いものを持ったり、

「諫山さま。これを清書しておいてくださいな」

分銅屋仁左衛門から古い帳面の筆写を命じられたりする。

「さて、お約束したように、道場へ通っていただきます」

昼餉を終えたところで、分銅屋仁左衛門が左馬介に言った。

「あの話はまことだったのか」

左馬介がげんなりした。

「刀を遣えない用心棒など、燃えない薪と同じでございましょう。あるだけで、いざというときに使えない。ようは虚仮威し」

「……………」

的確なたとえに、左馬介は言い返せなかった。

「一応、鉄扇術は遣えるのだが……」

左馬介がおずおずと懐から鉄扇を出した。

「おや、珍しいものを」

分銅屋仁左衛門が驚いた。

「父が甲州流軍扇術の伝承者でな。その代を継いでおる」

「流主さまですか。それは、それは。で、お弟子さんはどこに」

分銅屋仁左衛門がからかうような目で左馬介を見た。

「……一子相伝でな。他人に教えてはならぬのだ」

左馬介が建前を口にして逃げた。

「そうでしたか。では、諫山先生もご新造さまをもらわれねばなりませんね。跡継ぎがおられねば、流派が消えましょう」

「妻か……」

左馬介が遠い目をした。

「まあ、ご新造さまをもらうには、少なくとも定職にお就きにならねばなりません。ということで、剣術を学んできてください。束脩（そくしゅう）はこちらで持ちますので」

「……わかった」

雇い主の命には従わなければならない。左馬介はうなずいた。

「道場は、観音さまと反対側へ向かって、三つ目の辻を左、二つ目の辻を右へ入った三軒目、微塵流（みじんりゅう）坪井（つぼい）一乱（いちらん）先生の道場でございまする。すでにお話はすんでますので。そのままどうぞ」

淡々と分銅屋仁左衛門が告げた。

「行ってくる」

渋々左馬介は分銅屋を出た。

昼過ぎになると浅草門前町は少し人通りが減る。参拝客は朝に多く、吉原通いの遊客が浅草を通過するには早い。

「ここか」

辻を二つも曲がれば、浅草寺の喧噪も届かない。

静かなしもた屋が並ぶなか、左馬介は小さいながら冠木門を構える一軒屋の前で立ち止まった。

「微塵流師範坪井一乱の看板がある」

確認した左馬介は、大きく開かれている冠木門を潜った。

「ごめんを」

「どおれ」

なかから野太い声で応答があった。

「どなたかの」

奥から出てきたのは、左馬介よりも一回り大きな総髪の浪人であった。髪に白いものが混じっている。壮年を過ぎているのはまちがいないが、堂々たる体軀の持ち主であった。

「分銅屋どのの紹介で参りました。諫山左馬介と申しまする」

「おお、聞いておるぞ。あがられよ」

道場主が促した。

「さて、当道場の主、坪井一乱である」

道場の中央に向かい合ったところで、坪井一乱が名乗った。

「よしなに願いまする」

教えてもらう立場である。左馬介はていねいに腰を折った。

「聞けば、剣術を習ったことがないとか」

「はい。日々の生活に追われておりましたので」

隠してもしかたがない。左馬介は正直に告げた。

「納得できる理由でござるな」

坪井一乱が笑った。

「どれ、早速はじめましょうかの」

歳（とし）とは思えぬ身軽さで坪井一乱が立ちあがった。

「お願いをいたしまする」

左馬介は手を突いて一礼したあと、腰をあげた。

「そこにある木刀を、いくつかござるのでな。どれでも好きなものをお持ちなさい」

「……これを」

振りやすそうな短い木刀を左馬介は選んだ。

「本当になにもご存じないようじゃな」

木刀の選びかたを見ていた坪井一乱が嘆息した。

「なにがでございましょう」

左馬介が困惑した。

「手に持って振ってもみずに、木刀を手にする。名人上手ならば、道具にこだわらないというのもわかりますが……」

「えっ。そんなに違いまするか」

あわてて左馬介が持っていた木刀を振った。

「軽い……。では、これは」

次に長く太いのを左馬介は手にした。

「重すぎる」

左馬介は別の木刀へと手を伸ばした。

「持ちにくい」

「肩にくる」

「……………」

次々と木刀を試す左馬介を無言で坪井一乱が見守った。

「これがよい」

八本目にようやく左馬介は納得した。

「おわかりかの。道具も己に合ったものがあるということじゃ。上達すれば脇差で太刀以上の動きを見せることもできるようになるが、初心の間は刀の持つ性能を満足に引き出してもやれぬ。しっかりと身に合った道具を選ぶ癖をつけなされ」

「かたじけのうございまする」

すでに修練は始まっていた。

「好きに振ってみなされ」

「はい」

促された左馬介が木刀を上下に振った。

「……ふむ。右手だけで振ってみてくれ……次は左手だけで」

「こうでございまするか」

言われたとおりに左馬介が木刀を片手で扱った。

「お止めなされ」

しばらくして坪井一乱が手をあげた。

「貴殿は、なにか片手でおこなうような武芸を身につけておらぬか。右手の手首をへんに返す癖がついておる。それに左手が遊んでいる」

坪井一乱が首をかしげた。

「これでございましょう」

左馬介が鉄扇を取り出した。

「それは……鉄扇か。それも閉じた形の鋳鉄ではなく、開くこともできる打ちもの、珍らしいの」

一目で坪井一乱が見抜いた。

「……父から譲られたものでござる」

「遣って見せてくれ」

坪井一乱が身を乗り出した。

「では」

左馬介は鉄扇を右手に持ってまっすぐ伸ばす始まりの型を取った。

鉄扇術の稽古を左馬介は一人でしてきた。さすがに父が生きていたときは、相手をしてもらえたが、亡き後は一子相伝というのもあって、目立たないように長屋のなかで一人鉄扇を振った。

左馬介の遣う鉄扇は金属の骨に、金属の薄板を組み合わせただけにかなり重い。それを片手で自在に扱わなければならないのだ。自然、膂力は付く。

「えいっ」

手首を立てるようにして鉄扇を引き、同時に腕ごと振りあげ、一気に振り落とす。

「やあああ」

へその辺りで落下を止め、今度は左から右へと薙ぎ払う。

「なんのう」

続けて相手の反撃を想定して、鉄扇で受ける。

「せいっ」

受け止めた太刀を上へ撥ねあげて、そのまま最初の攻撃へと移る。

「それまでで結構じゃ」

坪井一乱が止めた。

「ふうう」

真剣に振ると鉄扇とはいえ疲れる。左馬介が大きく息を吐いた。

「よきものを見せていただいた」

坪井一乱が頭をさげて礼を述べた。

「お粗末でござった」

息を整えた左馬介も頭を垂れた。

「どういたそうか」

座るように手で促した坪井一乱が悩んだ。

「なにがでござろう」

膝を揃(そろ)えながら、左馬介は訊いた。

「護身の術とすれば、今のままで十分でござろう」

坪井一乱が左馬介の鉄扇術を認めた。

「では……」

通わなくてもすむのかと左馬介は喜んだ。

「なれど、鉄扇術では、相手が複数の場合弱い」

「うっ」

あっさりと弱点を見抜かれた左馬介が呻(うめ)いた。

「鉄扇術では、必殺にならぬ。よほどうまく頭か首を打ち据えないかぎり、敵は脱落せぬ。一撃で敵を減らせなければ、いつかは守り切れなくなる」

「…………」

事実に左馬介はなにも言えなくなった。

まさに鉄扇術の弱点であった。鉄扇は形が扇に似ているだけで、その大元は鉄の塊である。それで殴ることで相手の骨を折り、それで受けることで敵の刃(やいば)を防ぐ。刀のように一撃で相手を仕留めることはまず無理である。一対一ならば、まず鉄扇が有利である。受けるだけで太刀を折ることもあるのだ。

鉄扇術はその始まりが伝説の武田信玄と上杉謙信による川中島(かわなかじま)の一騎討ちであった。刀で斬りつける上杉謙信を手にしていた軍配で武田信玄が受け止めた。実際にあったとは思えないが、それでも軍記物、絵姿として広く天下に流布している。

これに感銘を受けた先祖が、鉄扇で刀を防ぐ技を開発、甲州流軍扇術と名づけた。それが左馬介に受け継がれている。要は、守りだけで攻撃のない武術でしかない。

「用心棒は、守りが仕事とはいえ、敵の数を減らせぬようでは困る」

「……御説のとおりでござる」

左馬介はぐうの音もでなかった。

「ふうむう」

諭しながらも坪井一乱が悩んでいた。

「完成した型が身体に染みついている。手首をこねる癖が剣術にはまずい。殴ればいい鉄扇術と違い、剣術は刃筋を整えたうえで、引かねば斬れぬ」

坪井一乱が左馬介を見た。

「一度鉄扇術のすべてを崩さねば、まともな剣術は身につかぬ」

「それはあまりでござる」

ずっと嗜んできた鉄扇術を失う。左馬介が抗議の声をあげた。

「わかっておる。儂とて今から弓を習えと言われても困る」

興奮するなと坪井一乱が、左馬介を制した。

「鉄扇術を崩さず、剣を振るう……か」

立ちあがった坪井一乱が、長い木刀と普通の扇子を手に持ち、動きを確認した。

「…………」

その様子をずっと左馬介は見守った。

「……坪井先生」

半刻（約一時間）経っても、坪井一乱は夢中になって試技を繰り返した。

「…………」

坪井一乱は反応しなかった。

「先生」

もう小半刻（約三十分）待って、左馬介は大きな声を出した。

「……うるさいな。おおっ、まだおったのか」

眉をしかめて振り向いた坪井一乱が、左馬介に気づいた。

「まだいたのかと言われましても……」

帰っていいとの許可は出ていない。左馬介が非難の目を坪井一乱に向けた。

「悪かったの。許せ。もう帰ってもいいぞ」

「……かたじけのうございました」

なにも教わってはいないが、相手は師範である。左馬介は礼を尽くした。

「うむ。ああ、しばらく来ずとも良いぞ」

「えっ」

坪井一乱の言葉に、左馬介は間抜けな応答をしてしまった。

「剣と鉄扇をどう組むかを思いつくまで、来ても無駄じゃ。用意ができたら、こちらから分銅屋まで報せを出す。それから通えばよい」

「いつごろになりましょう」

名案なのか、なんなのか、わからない坪井一乱の話に、左馬介は戸惑った。

「わからんなあ。明日になるか、一月先か、ひょっとすると一生涯できぬかも知れぬ。まあ、待っていろ。では、帰れ」

「……はあ」

大きくため息を吐いて、左馬介は道場を後にした。

四

思ったよりも道場で手間取った左馬介は、分銅屋へ戻るなり、湯屋の木札を強請った。

「風呂に行かせていただきたい」

「遅かったですね。そろそろ日暮れになりまする。あまりのんびりとなさらぬよう」

分銅屋仁左衛門が釘を刺したうえで、湯屋の木札を渡した。

湯屋の木札は、それを見せるだけで入浴料金が付けになる。湯屋は節季ごとに木札の枚数を数えて、商家に請求する。こうすることで湯屋は細かい金の計算を毎日せずともすみ、商家は奉公人を清潔にできた。

毎回、湯屋の料金を持たせてもいいように思えるが、銭を持たせると風呂に行かず、懐に入れる者が出てくる。そうすれば奉公人は汚れ、臭うようになる。これでは、客が嫌がる。食べもの商売でなくとも、客は清潔な店で買いものをしたいと考えている。誰も鼻をつまみながら、呉服を見たり、小間物(こまもの)を選んだりしたくはない。

住みこみの奉公人を抱えている商家はどことも木札を使用していた。

分銅屋から湯屋はさほど離れていない。日があるうちに左馬介は湯屋に着いた。

「親爺(おやじ)、頼む」

「いらっしゃい。今日は遅うござんすね」

番台に座った湯屋の親爺が木札を受け取りながら言った。

「ちと出ていたのだ。混んでるか」

「もう、職人連中は帰りましたし、御店(おたな)の奉公人たちは店じまいしてからなんで、今は空いてやすよ。貸し切りとはいきませんがね」

訊いた左馬介に、親爺が答えた。

「そうか。空いているならばよい」

左馬介は脱いだ履きものの裏同士を合わせて、手に持った。お世辞にも綺麗(きれい)とはいえない雪駄だが、盗っていく奴はいる。そして、買うとなれば、そこそこの銭がいる。湯屋では、履きものも自前で管理するのが当然であった。

「……よし」

ふんどし一つになった左馬介は、着物を帯でまとめて、その隙間に履きものを押し込み、一つにした。

「諫山先生、荷はそこに置いておいていいですよ。ここからよく見えますから」

顔なじみになった親爺が、番台からすぐ側の床を指さした。

「それは助かる」

左馬介は親爺に感謝して、荷物を指定された床の上に置いた。

「ごゆっくりどうぞ」

「そうもできんのだ。雇い主から、さっさと帰って来いと言われておるのでな」

愚痴を漏らしながら、左馬介は石榴口を潜った。

「おう、客が少ないからか、湯気がすごいな。伸ばした手の先も見えぬわ」

左馬介は押し寄せる湯気に驚いた。

もともと海沿いの湿地を埋め立てて拡げた江戸は水の悪い土地である。井戸を掘っても満足に遣える水がでないため、遠く多摩川から水道を引いている。

当然、大量に水を使う湯船は、江戸で贅沢になった。ないわけではないが、江戸で湯屋といえば、ほとんどが蒸し風呂であった。

蒸し風呂は板の間の奥に小さな湯溜め(ゆだめ)の桶(おけ)が有り、そこに熱湯が張られている。その湯溜めから出る湯気で浴室を蒸し、湿気と暑さで汗を搔(か)かせる。汗が噴き出てきたら、自前あるいは湯屋に用意された竹箆(たけべら)で身体をこすり、浮いてきた垢(あか)を落とす。それが終わったら、湯溜めとは反対側にある小窓に声をかけ、少しぬるめに調整されたお湯を手桶に入れてもらって、被(かぶ)るのだ。

湯屋にとって蒸気は貴重な水代わりである。少しでも逃げられては困る。そのため、明かり取りの窓は人の頭さえ通らないほど小さなものにし、さらに脱衣場との間を天井から床へ向かった板戸でしきることで上へ漂う湯気の拡散を防いでいた。

この板戸を石榴口と呼び、人の腰近くまで伸びている。客は、床から腰までの隙間を通って、脱衣場と風呂場を行き来した。

「どれ、ここらでよかろう」

あたりに人のいないところに左馬介は陣取り、胡座(あぐら)をかいてしばし蒸気に当たった。

「……暑い」

蒸気で満ちた風呂場は、少しいるだけで汗まみれとなる。

「どれ……」

湯屋に備え付けてある垢すりの竹篦を手桶に汲んだお湯で濯ぎ、その刃を身体に当てる。

「前ほど出なくなったな」

皮膚が赤くなるくらいに力を入れても、垢はわずかに浮くだけであった。

浪人は湯屋に通う金がない。あれば飲み食いに回す。身体の汚れは井戸端で水を被ってすませるのが普通であった。不潔にならないていどに水浴びをしていた左馬介だが、水で人の身体から出る脂は取れない。分銅屋に雇われた当初は玉ができるほど垢が出た。それが毎日湯屋へ通うことで出なくなり、左馬介は清潔になっていた。

「もう水浴びには戻れぬな。奉公止めはなんとしても避けたい」

一度快感を覚えてしまうとそれなしでは満足できなくなる。左馬介は分銅屋の仕事をしくじるわけにはいかないと決意を新たにした。

「ふむ。髪も洗いたいが、今日は辛抱だな」

総髪に近い髷を触りながら、左馬介は独りごちた。髪を洗えば、その分手間取る。濡れた髪のまま店に戻るわけにはいかないのだ。廊下にしずくを垂らそうものなら、喜代に厳しく叱られた。

「出るか」

左馬介はかけ湯をもらいに、小窓へ近づいた。

「すまぬが、湯をくれ」

小窓へと左馬介は声をかけた。

「へえい」

なかから返事がし、小窓から突き出ている樋に湯が流れてきた。

「……もう一杯頼む」

一杯では十分汗が流せない。左馬介はお代わりを頼んだ。

「あいよ」

すぐにお湯が出てきた。

「ふううう」

二杯目を浴びた左馬介が、爽快な気分になった。

「旦那」

左馬介の後ろから声がかかった。

「誰かの」

知り合いかと左馬介が振り返った。

「……おまえは」

男の顔を見た左馬介が目を大きくした。

「先日、拙者を追いかけ回していたやつじゃな」

「あの節はどうも」

非難する左馬介に、久吉が軽く手をあげた。

「どうもではないわ。きさまのせいで、長屋を替わる羽目になったのだぞ」

住み慣れた長屋というのは、なんともいえず気楽なものであった。今は、分銅屋で起居しているため家賃は不要になったが、そのぶん気を遣わなければならない。自宅ならば、夜遅くまで起きていても、明日の仕事に支障が出なければ問題ないが、他人の家ではそれもできないのだ。

「そいつは申しわけないことをしやした」

久吉はあのときと随分と違った態度であった。

「…………」

左馬介は陽気な久吉に不審を感じた。

「……なにが目的だ」

「そう気を張らないでくださいよ。おたがい裸で、身に寸鉄も帯びていませんよ」

低い声で訊いた左馬介に、久吉が両手をあげた。

「用がないならば、邪魔をしないでもらおう」

左馬介が久吉の右を通り過ぎようとした。

「そう急がれなくとも」

「のぼせるわ」

止めようと手を伸ばした久吉を左馬介はいなした。

「たしかに湯屋は話をするにいい場所じゃござんせんねえ」

久吉が笑った。

「いかがでございますか。湯屋を出て一杯。もちろん、代金はこちらが持ちますよ」

「おまえと飲み食いしても、まずいだけだ」

左馬介は嫌な顔をした。

「酒や食いものに罪はございませんよ。なんでしたら、きれいどころを用意いたしますが」

怒りもせず、久吉が続けた。

「不要だ。おまえに借りなど作っては、あとでなにを言われるかわからぬ」

左馬介は久吉を振り切って、石榴口へ向かった。

「五両だそう。分銅屋仁左衛門宅から帳面を持ち出してくれ」

　久吉が要求を出した。

「随分と値上がりしたな。あのときの五倍だ。一両で売れと言ったのは、つい先日だろう」

　足を止めて左馬介が言い返した。

　分銅屋の隣、潰れた旗本専門の金貸し駿河屋の後片付けに雇われた左馬介は、そこで貸し方を書いた帳面を見つけた。

　帳面にはいつどれだけの金額が誰に貸され、いくら返っているかが詳細に記されていた。その帳面を久吉は一両で売れと当初言ってきていた。

「需要が出たから、値段があがった。当然だろう。金額が不満か。五両もあれば、浪人なら半年は生きていけるだろう」

　久吉が左馬介へと近づいた。

「あいにくだったな。拙者は今、長期の雇われ中でな。半年やそこらでは、話にならん」

　左馬介が断った。

「長期だと。一年か」

久吉が驚いた。

日雇いで生きているその日暮らしの浪人がありつける仕事というのは、基本、その日だけで終わるものばかりであった。左官の土こね、大工の下働きなど、手が要るときだけしか募集はない。さらに浪人だけでなく、仕事を求めている者は多い。それこそ、日当のいい職人の手伝いは、奪い合いになる。

もちろん、商家の帳面付け、道場の師範代など、長期の仕事もある。しかし、これをするには、それだけの知識や技が要った。

「一年どころではないな」

田沼主殿頭意次の考えていることを果たすとなれば、一年や二年ではとても無理である。五年、十年、いやもっとかかるかも知れない。

もっとも、そこまで左馬介が雇い続けてもらえるかどうかはわからないが、一年やそこらで首になるとは思えなかった。

「五両や十両の端金(はしたがね)では動かぬ。帳面が欲しいのならば、そうよな……五百両用意しろ」

左馬介が大きく出た。

五百両あれば、しもた屋の一軒を買っても四十年は保(も)つ。妻を娶(めと)ることもできる。

「……五百両だと。ふざけたことを言うな。腐れ浪人の分際で。殺すぞ、てめえ」

「正体が出てるぞ」

下卑た言葉遣いになった久吉を左馬介が笑った。

「死にたくなければ、言うことを聞け」

ついに久吉がかつてのように脅してきた。

「同じことを言わせるな。浪人は雇い先をしくじったら、二度と仕事にありつけず、飢えて死ぬのだ。そんな浪人に殺すなんぞ、脅しにもならん」

左馬介は久吉を睨みつけた。

「…………」

「折角の風呂が台無しだ」

黙った久吉を残して、左馬介は湯屋を出た。

後を付けてこないかと左馬介は気にしたが、背後に久吉の姿はなかった。

考えていたよりも戻りにときがかかったのだろう。分銅屋仁左衛門が苦い顔をした。

「遅かったですな」

「諫山先生だけが、当家の護りでございますよ。そこを考えて長時間の留守はお避けいただきませんと」

「先日の無頼に会った」

　ここで詫びては、遅参は己のせいになる。左馬介は久吉に足留めされたと言外に告げた。

「なんですって」

　分銅屋仁左衛門の顔つきが変わった。

「湯屋で声をかけてきた。待ち伏せしていたとは思えぬ。湯屋は空いていたので、板の間にはいなかったのを確認している」

「当家の奉公人があそこの湯屋に行くのは一日見張ればわかりましょう。先に行って待っていたのでは」

「そうか、分銅屋どのは内湯だから知らぬのだな。湯気でなかは暑いぞ。小半刻も入っていたらのぼせる。そこまででなくとも、入ればすぐに汗が噴き出す。久吉は今来たばかりのように涼しい顔をしていた」

　理由を左馬介が語った。

　大店の主ともなると、自宅に内風呂を持っているところが多い。湯船は一人入れば一杯になるくらいのものだが、蒸し風呂ではなく浴槽になっていた。

「ふむ」

分銅屋仁左衛門が腕を組んだ。

「となれば、当家を見張っていたか」

「偶然拙者を見かけて、後を付けたかだな」

左馬介も述べた。

「偶然に頼るのは、切羽詰まってからにいたしましょう。こっちに都合のよいことばかりとは限りません」

「だの」

分銅屋仁左衛門の意見に左馬介も同意した。

「で、なにを申してきました」

「五両出すから帳面を持ってこいと言いおったわ」

「それはまた大幅な値上げでございますな。ただ、商売としては話になりませんが」

「ああ。即座に断った」

「当たり前でございまする。どれだけの厚遇をしているか、わかっておられましょう」

きつい口調で分銅屋仁左衛門が左馬介を見た。

「家賃なし、賄い付、湯屋も行き放題で月に三両などというお仕事、この江戸広しといえどもございませんよ」

「わかっておる」

断れる立場ではない左馬介である。それだけの仕事をしているとの思いもあり、鼻白んだ左馬介だったが、認めるしかなかった。

「そいつは加賀屋の手下でしょう」

「はっきりとそう言ったわけではないが、まずまちがいないだろう」

分銅屋仁左衛門の推測を左馬介は認めた。

「それにしては、いささか腑に落ちませんね」

「なにがだ」

左馬介が訊いた。

「千両を断られたのですよ。その用心棒が五両やそこらで揺らぐと考えるほど加賀屋は愚かではないはず」

「拙者がそれほどもらっていないと思ったのではないか。用心棒なんぞ、一日三百文ほどだ。一カ月で一両二分ほどになるが、湯屋代も賄いも店賃もここから出すことになる。手取りはいいところ二分ちょっと。五両は大きいぞ」

すっと左馬介が計算した。

「算勘もおできになりますな。いや、けっこう」

「これ以上、仕事は増やさんでくれよ。さすがに算盤までさせられて、三両ではきつい」

なんでもかんでもさせようとしないでくれと左馬介が釘を刺した。

「お手伝いいただけたならば、日当に色を付けますよ。その話は後にして、どう見てもその無頼の行動はわかりませんな」

「相手の思惑はわからないものであろう。とにかく護りを固めておいたほうがいい。他の奉公人にも話をしておいたほうがよいのではないか」

買収されるのは、己だけではないと左馬介が注意をした。

「大事ありませんよ。あの帳面はしっかりしまってありますから。番頭でもわからないところにね。もし買収されるような者が出たら、しっかり思い知らせてやればすみまする」

分銅屋仁左衛門が笑った。

「…………」

酷薄な表情を見せた分銅屋仁左衛門に左馬介は黙った。

第二章　策の交差

一

吉原の隆盛ははるかに昔である。

振り袖火事と呼ばれた明暦(めいれき)の大火の後、江戸城大手門至近にあった茅場町(かやばちょう)から、江戸ともいえない浅草田圃(たんぼ)へ追いやられた吉原は、その不便さから客足を減らした。

また、岡場所などの非公認の遊郭が江戸中にできたことも影響し、吉原の繁華は見る影もなくなっている。

とはいえ、幕府公認の遊郭としての歴史、町奉行所の手入れを受けないという安心感から、接待の場として吉原は生き延びていた。

「本多伯耆守家の用人稲垣である」

初老の侍が吉原の揚屋、京屋の暖簾を潜った。

「伺っておりまする。どうぞ、お二階へ」

出迎えた男衆が、稲垣へ頭をさげた。

「うむ。これを預ける。大切に扱え」

うなずいた稲垣が、腰から両刀を外し、男衆に渡した。

「へい。たしかに預かりやした」

しっかりと両手で受け取った男衆が大事そうに両刀を下足場の奥へと持って入った。

これも吉原の決まりであった。

酒と女がある吉原で、けんか沙汰は当たり前のようにあった。

人は頭に血が上れば我を忘れる。職人や奉公人なら、せいぜい相手を殴るか、嚙みつくかだが、武士となると話は変わる。なにせ、腰に刀がある。

刀を抜いて暴れ回られては大事になる。それを防ぐため、吉原ではどこの見世に揚がろうとも、両刀は預けるのが決まりになっていた。

「こちらで」

男衆が稲垣を二階の奥の間へ案内した。

「ご苦労だった。これを取っておけ」

紙入れから稲垣が一朱金を心付けとして男衆に渡そうとした。

「ありがとうさんでございまする。喉から手が出るほど欲しいんでやすが、今日のすべては加賀屋さまがお持ちになるとかで、お客さまからいただいてはあっしたちが叱られやす」

男衆が断った。

「儂（わし）も武士じゃ、一度出したものを引っ込めるわけにはいかぬ。加賀屋には内緒にしておけばよかろう」

藩のすべてを差配すると言ってもいい用人を務めるだけある。うまく稲垣が言いわけを作った。

「……さようでございますか。では、遠慮なく」

もう一度勧められた男衆が、一朱金を懐へしまった。

「今日は頼むぞ」

「お任せを。吉原一番の花魁（おいらん）を用意いたしまする」

言った稲垣に男衆が胸を張った。

「今、お茶をお持ちいたしまする。どうぞ、上座でお待ちくださいませ」

深々と一礼して男衆が下がっていった。

「おい、お茶と菓子だ」

心付けを受け取った男衆が、台所へ声をかけた。

「へえい」

なかからの応答を確認した男衆が、帳場の裏へと入った。

「案内したかい」

「へい。これをいただきやした」

長火鉢の前に座っている京屋の主に、男衆がもらった心付けを渡した。

「一朱か。しわいな」

主が手のひらで一朱金をもてあそんだ。

一朱は一両の十六分の一にあたる。一両が概算で六千文ほどになるので一朱は銭にして、三百七十文余であった。

「老中さまの用人と名乗るなら、小判くらい出して見せろというんだ」

「………」

文句を言う主に、男衆が黙った。

「いつものように預かっておくよ」

「お願えしやす」

一礼して男衆が見世へ戻った。

「けちはどっちでえ」

客を迎える玄関土間へ降りながら、男衆がぼやいた。

「見世の主が、男衆がもらった心付けの上前をはねるなんざ、聞いたこともねえわ。しかも半分もだぞ」

「よせ、吉作。聞こえるぞ」

別の男衆が注意をした。

「……わかってるさ」

吉作がうなずいた。

「邪魔をするよ」

そこへ加賀屋が暖簾を割って顔を出した。

「これは、加賀屋の旦那さま。お待ちいたしておりました」

「今日はお世話になるよ」

もみ手をしそうな男衆に、加賀屋が笑いかけた。

「先ほどお見えでございまする」

「そうかい。お待たせしてしまったか。お約束の刻限より、小半刻（約三十分）は早く来たのだけど」

招くほうが遅れては話にならない。

「お茶とお菓子をお出ししておきました」

「助かるよ。これを」

懐から小判を二枚加賀屋が取り出した。

「こちらを帳場へ。こっちはおまえさんたちで分けなさい」

加賀屋は心付けを二つ出した。

「こいつはありがとうさんで」

吉作が喜んだ。

「二階かい」

「いつもの突き当たりのお部屋で」

「悪いが最初に話をしてしまいたい。呼ぶまで誰も近づけないようにしておくれ」

「お任せくださいまし」

加賀屋の注文に、吉作が応じた。

「お待たせをいたしまして」

稲垣の待つ座敷に、加賀屋が廊下から声をかけた。

「加賀屋か。待っておった。入れ」

「ごめんを」

応答を聞いてようやく加賀屋は襖を開けた。

これも身分差のためであった。招待した側とはいえ、武士と商人では身分が違う。許しなく同室はできなかった。

「本日はお忙しいなかをご足労くださり、まことにありがとう存じまする」

座敷に入った加賀屋が、両手を突いて礼を述べた。

「いや、加賀屋の招きじゃ。何をおいても応じねばなるまいが」

稲垣が当然のことだと手を振った。

「早速ではございますが、お酒を用意する前に、お願いをさせていただいてよろしゅうございましょうか」

用件を話す許可を加賀屋が求めた。

「だの。無粋な話はさっさとすませて、あとはたっぷり楽しもうではないか」

稲垣も了承した。

「ありがとうございまする」

一礼して加賀屋が背筋を伸ばした。

「稲垣さまは、お側御用取次の田沼主殿頭さまをご存じでいらっしゃいましょうか」

「直接は存じあげぬが、お名前は主伯耆守から何度も伺っておる」

問いに稲垣が首肯した。

「伯耆守さまはどのように仰せでございましょう」

「主殿頭さまのことか。それならばなかなかできる御仁だといつも褒めておられる」

印象を尋ねた加賀屋に稲垣が答えた。

「主殿頭さまがどうかなさったのか」

今度は稲垣が訊いてきた。

「いささか、わたくしどもの商いとぶつかることがございまして」

「加賀屋の商いと」

「はい。わたくしどもの商いというより、札差全体と申しあげるべきかもしれませぬ」

怪訝な顔をした稲垣に加賀屋が述べた。

「大きく出たの。札差全体とは」

稲垣が目を大きくした。

「少し主殿頭さまがお考え違いをなさっておられるようなのでございますよ。札差はお武家さまのために商いをしておりまするのに、それを搾取しているとお取りになられたようでして」

「……………」

ぬけぬけと言う加賀屋に稲垣が黙った。

「主殿頭さまのご言いぶんが通るようでは、我ら札差は商売を続けていけませぬ。当然、店を仕舞うことになりまする」

「それで……」

稲垣が表情を険しいものに変えた。

「お大名方、お旗本衆にお貸ししておりまする金子、耳をそろえてお返しいただくしかなくなりまする」

「なっ、なにを」

加賀屋の話を聞いた稲垣が絶句した。

「そのようなことできるはずもなかろう」

札差が武家に貸している金を合わせれば、百万両をゆうにこえた。それだけの金の取り立てが始まれば、江戸は大混乱に陥る。

「貸したものを返していただくのは当たり前でございまする。三歳の子供でもわかる理屈。それをお武家さまがお破りになるなど」

加賀屋が首を左右に振った。

「ないものは返せぬ」

「では、禄米切手を御上に返上いたしましょう」

「馬鹿を言うな。そんなことをすれば、どれだけの旗本が潰れるか」

稲垣の顔色が変わった。

禄米切手の返上は、旗本、御家人を辞めるという意思表示である。家臣が主君を見限ったととられてもしかたのない行動であり、決して認められるものではなかった。返上した者は、まずまちがいなく士分の人別帳ともいうべき分限帳から名前を削られたうえで、死罪を命じられる。

「さて、少なくともわたくしの店でお預かりしている禄米切手は千枚以上ございまする」

淡々と加賀屋が言った。

「どうしろというのだ」

千人を人質にしていると宣した加賀屋に、稲垣が尋ねた。

「主殿頭さまを寄合にしていただきたく」

加賀屋が要求を口にした。

寄合とはおおむね三千石以上の旗本で無役の者の呼称である。

「お側御用取次から主殿頭さまを外せと」

「お役目を失われましたら、主殿頭さまもおとなしくしてくださいましょう」

確認した稲垣に加賀屋がうなずいた。

「…………」

稲垣が即答を避けた。

「ああ、お悩みくださらなくとも大丈夫でございまする。このことを伯耆守さまのお耳にいれていただき、わたくしにお目通りをお許しくださるよう、ご手配くだされば結構で」

加賀屋が条件を語った。

「殿に願うつもりか」

稲垣が苦渋の顔をした。

「ご判断はご老中さまでなければなりますまい」

それだけの権を持ってはいないだろうと加賀屋が断じた。

用人は大名同士のつきあいから、出入り商人のとりまとめまでしてのけるだけの器量を持った藩のなかでも世慣れた者でなければつとまらない。

「……条件はなんだ」

稲垣が加賀屋をにらんだ。

「本多さまにお貸ししておりますするお金を上納させていただきまする」

「……全額か」

「もちろんでございますとも」

加賀屋が認めた。

「確約はできぬぞ。殿にお話しするだけじゃ」

「わかっておりまする。お断りになられても文句は申しませぬ。もっともそのときは貸し金の貯まっている利子だけを棒引きとさせていただきますが」

稲垣が宣し、加賀屋が値切った。

「……よかろう」

主君に告げるだけで、何百両にもふくれあがっている利子が消える。用人として拒む話ではなかった。

「では、お話はこれまでとさせていただきまする」

承諾した稲垣に加賀屋がほほえんだ。

「……誰か、膳の用意を頼みますよ」

加賀屋が襖を開けて手をたたいた。

「へえい」

すぐに応答がした。

「お待たせをしました」

二人の男衆が膳を二つ運んできた。座持ちの芸者が三人、その後に続いた。

「どうぞ」

膳は二つとも稲垣の前に並べられた。

「ようこそのお越しでございまする」

芸者が稲垣を取り囲むように座った。

「これは……」

稲垣が不思議そうな顔をした。

「わたくしはこれで失礼をさせていただきまする。どうぞ、ごゆっくりとお楽しみくださいませ」

加賀屋が述べた。

「ほう。さすがは江戸一の商人だな」

難題を投げられたばかりである。その相手と飲んでもおもしろくはない。加賀屋の気遣いに稲垣は感心した。

「もちろん、すべてはわたくしが持たせていただきます。ご存分になさってくださいませ」

「そうか。では、遠慮なくさせてもらう」

「はい。それでは、わたくしはこれで失礼をいたしまする」

深々と頭をさげて、加賀屋は座敷を出た。

「……遊女の手配はどうなっている」

男衆に加賀屋が問うた。

「三浦屋のさざ波さんをお呼びしてございまする」

吉作が答えた。

「さざ波か。いいね。閨(ねや)ごとのうまさでは三浦屋一という評判の遊女だろう」

「へい。さざ波さんのお相手をなさったお客さんは、ほとんど裏を返されるとか」

下卑た笑いを二人が浮かべた。

裏を返すというのは、またさざ波のもとへ来るとの意味であった。

「頼んだよ」

「お任せを」

後事を託された吉作が引き受けた。

二

左馬介は朝と昼、夜の三回、店の周りを確かめた。

「一応、怪しげな気配はないが……」

あのままですむとは左馬介も思ってはいない。いつまた襲撃があるかわからなかった。

「どうでございました」

朝の見回りを終えて帰ってきた左馬介を分銅屋仁左衛門が待っていた。

「なにもなかった。拙者の見た範囲ではな」

「なるほど」

左馬介の言葉に、分銅屋仁左衛門がうなずいた。

「湯屋まで付けてくるほどの相手でございますからな」

分銅屋仁左衛門も嘆息した。

「これは困りました」

「なにかあるのかの」

額にしわを寄せた分銅屋仁左衛門に、左馬介が訊いた。

「そろそろ、こちらも動こうと思ったのでございますがね」

「動く……ああ。勘定吟味役の某の屋敷へ行くのだな」

左馬介が思い出した。

田沼主殿頭が手を組まぬかと来る直前、分銅屋仁左衛門は残されていた帳面に載っていた二人の旗本の屋敷を訪れようとしていた。

結局、田沼主殿頭と加賀屋が続けて来たことで、行けずじまいとなっていた。

「おそらく、後を付けてきましょうな」

「まちがいなくな」

嫌そうな顔をする分銅屋仁左衛門に、左馬介がとどめを刺した。

「参りましたね。どこへ行くかを教えるのはよろしくございませぬ。こちらの手の内を知らせることになりますから」

「こちらがどう出るかを知られれば、向こうが応手を打ってくる」

左馬介も腕を組んで悩んだ。

「かといって、なにもしなければ、夢はかないませぬ。黙って待っていれば夢はやってくる、果報は寝て待ては、子供の寝言か、努力から逃げた者の言いわけですからね」

「…………」

左馬介は無言で同意を表した。

いつかは仕官の口がある。そう夢見ながら仕事を探す苦労を嫌がって、斬り強盗に落ちた浪人を嫌というほど見てきたのだ。

「なんとか、最初だけでもごまかせませんかね」

「そうよなあ」

言われて左馬介は思案した。

「町奉行所を頼るというのはどうだ」

「……町方のお役人さまに助けてくれとお願いするので」

なんとも言えない顔を分銅屋仁左衛門がした。

「そうだ。分銅屋は両替商だろう。店のなかには金がうなっている。盗人(ぬすっと)にしてみれば、たまらない獲物のはず。両替商を見張っているなど盗賊でなければなんだと言えるであろう」

「なるほど。盗人を捕まえるのは、町方のお仕事でございますな」

左馬介の説に分銅屋仁左衛門が膝を打った。

「自身番に行ってこようか」

左馬介が腰を浮かせかけた。

「……お待ちを」

分銅屋仁左衛門が左馬介を制した。

「どうせならば、ちょっと脅かしてやろうじゃありませんか」

にやりと分銅屋仁左衛門が笑った。

「脅かす……」

「ええ。いつも脅かされているのがこちらばかりというのは、おもしろくございませんでしょう」

楽しそうに分銅屋仁左衛門が続けた。

「町奉行所まで行きましょう。きっと後を付けてきてくれますからね。少し遠回りをしながら……今月の月番は北町でしたか……北町奉行所のある常盤橋(ときわばし)御門まで連れて行ってやれば、さぞかし驚きましょう。無頼にとってなにが怖いかといって、町方役人ほど怖い者はございませんでしょう。どうせ、あんな連中は無宿者でございましょうし」

分銅屋仁左衛門が語った。

「なるほど。無頼に身許引受人はおらぬな。親元もとっくに勘当されているだろうしの」

身内から罪を犯す者が出たとき、その累を避けるため親や兄弟は勘当をした。裕福な家の道楽息子をしつけるためにおこなう形だけの勘当ではなく、本式なものである。本式になれば、親から届けが出されて、菩提寺が預かっている人別から外されることになる。こうして、公式にも縁者でないとするのだ。

当然、人別から消された者は、新たにどこかの寺に菩提を求めて人別を作ってもらわなければならないが、無頼がそんな面倒なことをするはずもない。また、菩提寺も変な者を受け入れて、面倒に巻きこまれたくないので、そうそう簡単に人別の作成はしてくれない。

結果、無頼のほとんどは人別のない無宿者になる。そして無宿は、それだけで罪であった。町奉行所に捕まれば、運が良くて人足寄せ場送り、下手すると佐渡島の金掘り人足にさせられる。過酷なだけでなく、崩落の危険もある佐渡金山送りになれば、まず生きて帰って来ることはできなかった。

「おもしろいな」

左馬介も笑った。

「では、参りましょう。お喜代、お昼は外ですませますから、用意は要りません」

女中に声をかけて、分銅屋仁左衛門が店を出た。

「いってらっしゃいませ」

主が出かけるときは、手の空いている奉公人が表に出て見送る。無駄だと普段はさせないこれを分銅屋仁左衛門はわざとしてのけた。

「行きますよ、諫山先生」

分銅屋仁左衛門が先に歩き出した。

「おう」

二歩ほど空けて、諫山が付き従った。

警固というのは難しい仕事である。複数で一人を守るのならば、前後から挟める。しかし、一人で一人を守るとなれば、どうしても死角ができる。背後からの襲撃が防げないのだ。

警固する対象より前を歩いていると突っこんでくる相手には十分対処できる。が、後ろから襲われたとき困るのだ。なにせ、襲撃者と己の間に警固対象が立っている。警固対象者が壁になり、襲撃者への対応が遅れる。

そこで左馬介は後ろに陣取った。

後ろに付いていると、前からの襲撃には気づける。そして後ろからの刺客には、己が壁となることができる。

十全ではないが、一人で警固するときは、少し後ろ、それも真後ろではなく、少し左にずれた位置がいい。右が悪いのは、刀が左腰にあるため、前に出ようとしたとき、鞘が警固対象者とぶつかるからであった。

「諫山さま」

「なにかの」

立ち位置を守りながら、左馬介が訊いた。

「あれだけ派手にやったのでございまする。付いてきておりましょうな」

「見送りのことか。たしかにあれだけ目立っておいて、見張りが気づかず見逃したとあれば、次からは安心して出歩けるな」

左馬介が小さく笑った。

「こう、背後の気配を感じるとかできませぬので」

「無茶を言わんでくれ。そんなことができるならば、日当仕事なんぞしておらぬわ。どこぞの町道場で師範代をして、安定した毎日を送っている。命の危険なぞなしにな」

分銅屋仁左衛門の言葉に左馬介があきれた。

「それは残念な。講談の宮本武蔵や柳生十兵衛だと、付けてくる相手を振り向きもせずに見抜いておりますのに」

「物語じゃ、あれは」

残念そうな分銅屋仁左衛門に、左馬介は苦笑した。

「あこがれませんか」

「もう、あきらめたわ」

左馬介は嘆息した。

「十五歳になるまでは、武術で身を立てるという夢を持っていた。鉄扇(てっせん)術を世に広めたいと考えていたな。表通りに冠木門を持つ立派な道場を設け、数百人の弟子を抱える。夢だったなあ」

懐かしそうに左馬介が述べた。

「なぜ十五歳であきらめられたので」

「鉄扇術は流行らぬと気づいた。というか、拙者よりも鉄扇術を使いこなす父でさえ、日雇いの毎日だったのだ。それにな、ちょうど父が病に倒れたというのもあり、代わって日銭を稼がなければならなくなった。一日中、長屋の裏庭で鉄扇を振り回していては、米櫃が二日で干上がると知ったのだ」

少しだけ左馬介が頰をゆがめた。

「現実はむごいものでございますな」

「……………」

百年遊んでも金が尽きることのない分銅屋仁左衛門に言われて、左馬介は黙った。

「わたくしも痛い目を見てきました」

それに気づいたのか、分銅屋仁左衛門が話し始めた。

「分銅屋どのがか」

「わたくしも苦労くらいしておりますよ」

驚く左馬介に、分銅屋仁左衛門が不満を口にした。

「いや、すまぬ」

「外から見ているとそうなりますな」

詫びる左馬介に、分銅屋仁左衛門がため息を吐いた。

「もちろん、お金の苦労はしておりません。ああ、これは生活のためのお金でございますよ。店の金では苦労のしっぱなしで」

分銅屋仁左衛門が付け加えた。

「わたくしが店を継いだのは二十一歳のときでございました」

「早いの」

左馬介が目を剝いた。名の知れた大店は、当主の交代が遅い。どことも還暦をこえても先代が主として君臨しており、若旦那は四十歳をこえても、経営の実際を任されはしないのが普通であった。

「父がね、両替屋の主にはふさわしくなかったのでございますよ」

「ふさわしくないとはどういうことかの」

左馬介が訊いた。

「道楽をしたので。吉原に通い詰めた。いや、居続けた」

分銅屋仁左衛門の声が情けないものに変わった。

「よく四十歳を過ぎてからの遊びは骨がらみになると言いましょう」

「ああ。若いうちの遊びはいつか目が覚めるが、歳を重ねてからはまったものは、死ぬまで止められないと聞く」

後ろを振り向かずに言った分銅屋仁左衛門に、左馬介はうなずいた。

「たしか三十九歳のとき、父がですよ。母が亡くなってしまった。それで父の歯止めがなくなった。じつは、父は婿養子でね、家付き娘の母に頭があがらなかったのですよ。押さえつけていたものがなくなった。金は有る。狂うのも無理はございません」

「狂うほどの金がないので、わからないが……」

喰うのに精一杯で、性欲まで金が回らない。そんなときは喰うのを我慢して、岡場所に行く。どうしても女体が恋しいときも来る。もちろん、左馬介も一人前の男である。金のかかる吉原なぞ、行ったことさえなかった。

「実直で商いの才もあるからこそ、婿養子に迎えられた。その婿養子が金食い虫になった。たちまち親戚たちが集まって、父を糾弾、離縁して放り出しました」

「えっ……」

あまりのことに左馬介が唖然とした。

「婿養子は離縁できますからね。暖簾を守るためなら、商人は平気で身内でも切り捨てますよ」

驚いた左馬介に、分銅屋仁左衛門が応えた。

「父は吉原の借金を店が肩代わりすることを条件に、無一文で放り出されました。その跡を継ぐのは、一人息子のわたくししかいません。ようやく店に出て、商いを学び始めたばかりでしたが、逃げるわけにはいきませんからね。必死で勉強しました。父がおろそかにした得意先へ頭をさげて回り、帳面の点検も毎日しました」

「がんばられたのだな」

「そんなわたくしに、何人かの親戚筋の者が不足を言い立てたのでございますよ。あれは店を継いで二年、なんとか父が揺るがした分銅屋の根太を締め直したころでした」

分銅屋仁左衛門の声から感情が抜けた。

「なにを言ってきたのだ」

「あんな遊び好きの男の息子では、いつまた分銅屋の暖簾に傷を付けるかわからないから、さっさと別家させて、店はこちらに任せろと」

「それはまた……」

左馬介は分銅屋仁左衛門に同情した。

「なにより情けなかったのは、番頭の一人がそっちに付いて、わたくしの悪口を親戚一同の前で言ったときですね。父の代からの番頭で、信用していただけに衝撃でした」

「………」

どう言えばいいのかわからなくなり、左馬介は黙った。

「二年間、それこそ寝る間も惜しんで、店を立て直すために奔走したわたくしをもっとも間近で見ていたというに……」

「どうなったと訊くまでもないな。分銅屋どのが勝ったのだろう」

「はい。負けていれば、わたくしはここにいませんからね」

分銅屋仁左衛門が後ろから見てもわかるほど強く首を縦に振った。

「二年間の帳面を親戚に公開いたしました。どれだけ売り上げが増え、儲けが出ているかを詳らかにしました。吾がことを自慢するわけではありませんが、直近の半年は、分銅屋始まって以来の売り上げでした。もちろん、帳面が嘘でないと蔵のなかも見せました。やはり現物は強いですな。親戚の長老格が揃って、わたくしを支持してくれました」

わずかながら分銅屋仁左衛門の声に力が戻った。

「………」

「気を遣っていただかなくて大丈夫ですよ。喧嘩を売ってきた相手には、しっかりと高値で買わせていただきましたから」

言いにくいだろうと結末を問わなかった左馬介へ、分銅屋仁左衛門が振り向いた。

「乗っ取りを企んだ連中とは縁切り、分銅屋から融通していた資金は即日引きあげました。金のなくなった店は信用も失いますから、一年経たずに夜逃げしました。番頭はこちらから首にする前に、逃げ出しましたよ。独立する金を出してやると言われて、寝返ったらしいのですがね。もうちょっと我慢していれば、十分な退き金を出してやり、顧客も分けたうえで暖簾分けをさせてやったものを。太郎兵衛も愚かなまねをしでかしました」

「そやつがどうしているかは……」

「知りませんよ。さすがに恥ずかしくて浅草界隈には足を踏み入れられませんでしょうし。生きていても死んでいても、それがどうしたというだけで」

冷たく言い捨てて、分銅屋仁左衛門が前へ向きなおった。

「……諫山先生」

分銅屋仁左衛門が声を潜めた。

「なんだ」

左馬介も小声になった。

「今、振り向いたとき、どれくらいでしょうか……十間（約十八メートル）以上はあると思いますが、こちらをずっと見ている柄の悪い男を見つけました」

「何歳くらいでござるか。身の丈は」

左馬介はあわてて振り返る愚を犯さず、分銅屋仁左衛門に情報を求めた。

「歳のころは四十四、五。身の丈はわたくしくらい。ちょっと小太り」

要点を分銅屋仁左衛門が告げた。

「久吉だな」

「……久吉とは、先日、湯屋で話しかけてきたという」

分銅屋仁左衛門も覚えのある名前であった。

「最初に拙者を襲った馬鹿でもござる」

左馬介が吐き捨てた。

「加賀屋の手にしてはお粗末な」

「使い捨ての駒だろう」

笑う分銅屋仁左衛門に、左馬介も首肯した。

「おもしろくなってきましたねえ。頭の悪い男はこちらの道具として使えますね。こちらの思惑どおりに動かせば……」

「遊びではないのだがな」

楽しそうな分銅屋仁左衛門に苦言を呈しながら、左馬介も浮いていた。

「あやっていどならば、三人くらいどうということはない」

左馬介は久吉の腕を見ている。脅威にはなりえなかった。

「もう江戸中を引っ張り回すのも終わりにしましょうか。このまま常盤橋御門内の北町奉行所へ行きますよ」

すでに半刻（約一時間）以上、目的もなく江戸の町をうろついている。両国広小路など三度も通っているのだ。向こうもそろそろ気づくはずであった。

「承知」

左馬介は気を張った。

三

常盤橋御門を入ったところに北町奉行所はあった。

「どうやら月番はまちがっていなかったようでございますな。門が開いている」

分銅屋仁左衛門がほっとした。

江戸には南北二つの町奉行所があった。それぞれが一カ月交替で、町方の訴えを受け付ける。月番は門を開け、非番の町奉行所は表門を閉じるのが決まりであった。

「もう後ろを見てもよいかの、分銅屋どの」

「結構でございますよ。わたくしがなかに入っている間、存分に付けてきた者をご覧なさいませ」

尋ねた左馬介に、分銅屋仁左衛門が許可を与え、奉行所のなかへと入っていった。

「さてと」

ゆっくり左馬介は振り返った。

「あんなところに」

左馬介は常盤橋の向こうから、こちらを窺う久吉を見つけた。

「ふむ。町奉行所の門番が睨みを利かせている。少しなら離れても大事ないか」

左馬介は常盤橋御門を出て、久吉に近づいた。

「また会ったな」

「てめえら、町奉行所になにしに来やがった」

挨拶代わりだと手をあげた左馬介に、久吉が嚙みついた。

「知りたいか」

「さっさと言え」

久吉が喰いついてきた。

「ただで教えろというのは、厚かましいな」

左馬介が笑って手を出した。

「……………」

久吉が黙った。

「人にものを頼むなら、代価を払うか、頭をさげるものだ」

「いくらだ……」

重い声で久吉が訊いた。

「金額次第でどこまで話すかは変わるの」

左馬介がからかった。

「ふざけるな。さっさと全部吐きやがれ」

久吉が激した。

「金は出さない。頭はさげない。それでは話にならん。では、またの」

笑いながら左馬介が背を向けた。

「ま、待ちやがれ。ほれ、一朱やる」

慌てて久吉が金を出した。

「あいにくだったな。商いには潮時というのがある。買い損ねたものがいつまでもあるとは限らぬ。商いは機を見るに敏でなければならぬでな。おぬしには無理だ」

　鼻先で左馬介があしらった。

「……………」

　久吉が悔しげに唇を噛んだ。

「ではな」

「野郎、言いたい放題しやがって」

　背を向けた左馬介に久吉が懐から匕首（あいくち）を出した。

「町奉行所のまん前で刃傷（にんじょう）沙汰をする気か」

　しっかりと手に鉄扇を持ちながら、左馬介が振り返った。

「うっ……」

　匕首を抜きかけた久吉が詰まった。

「一つだけ教えてやろう」

「なんだ」

　左馬介の発言に久吉が喰いついた。

「町奉行所の後は、まっすぐ店に帰る」

「まっすぐ……」

久吉が怪訝な顔をした。

「……さては、先ほどまであちらこちらを巡ったのは……」

すぐに久吉が気づいた。

「ご苦労だったな」

鼻先で左馬介が笑った。

「……てめえ。いい度胸じゃねえか」

激するのではなく、低い声で久吉が述べた。

「覚えてやがれ」

久吉が踵(きびす)を返した。

町人は町奉行所の玄関からあがることは許されていなかった。用のある者は、玄関の右手にある番所へ声をかけ、担当の与力、あるいは同心が出てくるのを待つ。

「浅草門前西町の両替商、分銅屋仁左衛門でございまする」

番所に控えている小者(こもの)が、すぐに反応した。

「これは分銅屋どのか。いかがなされた」

分銅屋ほどになると町方への気配りも手厚い。小者が下へも置かぬ対応をした。

「じつは、店の周りを……」

用件を分銅屋仁左衛門が告げた。

「胡乱な者が見張っていると。それはいけませぬな。しばし、ここで」

小者が番所と板戸一枚で繋がっている同心詰め所へと入っていった。

「……分銅屋本人か。久しぶりだな」

すぐに同心が出てきた。

「これは野島さま、ご無沙汰をいたしておりまする」

分銅屋仁左衛門が腰を深く折った。野島は北町で浅草の辺りを巡回する定町廻り同心である。ほぼ毎日、縄張りを巡るが、その範囲が広すぎるため、商店などに立ち寄ることは少なく、自身番に顔を出して異状の有無を訊くだけであった。

「話は聞いたが、いつからだ」

「気づいたのは、七日ほど前でございましたか。番頭がじっと店を見ている男がいると申しまして」

訊かれた分銅屋仁左衛門が答えた。

「なにか店におかしなことはないか。屋根に人が登っていただとか、店の周りに穴が空けられているとか、夜中に不審な音が聞こえただとか」

「今のところ、店にはなにもないのでございますが……」

「どうした。遠慮なく申せ」

口ごもった分銅屋仁左衛門を野島が促した。

「野島さまもご存じでございましょう。当家の隣にありました貸し方屋の駿河屋を」

「ああ。たしか潰れて夜逃げしたはずだな」

さすがに巡回内のことはよく知っていた。

「あの後を買い取ったのでございますが」

「また、蔵を建てる気か。どれだけ稼ぐのやら」

野島があきれた。

「商人が蔵を建てなくなったら、終わりでございますよ」

思わず分銅屋仁左衛門が返した。

「これは失礼をいたしました。その駿河屋の空き家に、人が入りこんだ様子がございました」

詫びて分銅屋仁左衛門が続けた。

「空き家に……ふむ。貸し方屋ということは、金貸しだ。夜逃げの後になにか値打ちのあるものが残っているんじゃないかと考えたこそ泥だろう」

あっさりと野島が気にするほどのものではないと手を振った。

「その後、付け火もございました」

「なんだと」

野島が驚愕した。

「付け火は火あぶりの大罪だ。冗談で言っていい話じゃねえ」

「…………」

嘘じゃないだろうなと確認する野島に、黙って分銅屋仁左衛門はうなずいた。

「いつの話だ」

「半月ほどになりまする」

「どうして届け出なかった」

野島の声が険しいものになった。

「障子が数枚焼けただけで、すぐに消し止めました。騒ぎにしたくなかったのでございまする」

わかるだろうと分銅屋仁左衛門が野島を見た。

火事は家も財産も命もすべてを奪い尽くす。膨大な損害が出る。たとえ小火ですんだにしても、店にとって火を出したという評判はまずい。

「……仕方ねえ」

苦い顔で野島が退いた。

「話はわかった。明日から気にして回ってやる」

「ありがとう存じまする」

野島の言葉に、分銅屋仁左衛門が頭をさげた。

「あとで左平次（さへいじ）にも話を通しておけよ」

「承知いたしましてございまする」

分銅屋仁左衛門が野島の助言に首肯した。

左平次とは、分銅屋のある浅草門前西を縄張りにする御用聞きのことだ。

「もう、帰れ」

そう言って野島が、同心詰め所へと帰っていった。

「ありがとうございました」

その背中に礼を言って、分銅屋仁左衛門は北町奉行所を出た。

「……無事に用件はすまされたかの」

門から少し離れたところで左馬介が待っていた。

「すみましたよ。そちらは」

分銅屋仁左衛門が尋ねた。

「脅して追い返しておいた。やはり、あのときの男であった」

左馬介が報告した。

「それは結構なことで」

分銅屋仁左衛門が笑った。

「さて、帰りましょうか」

「どうする。せっかく追い払ったのだ。ここからだとなんとかという勘定吟味役の屋敷のある麴町(こうじまち)二丁目は近い」

左馬介が分銅屋仁左衛門に勧めた。

「それもそうでございますね。まだ門限までは少し余裕もございますし。また出直すのも手間でございますな。参りましょう」

分銅屋仁左衛門が左馬介の提案にのった。

常盤橋を渡って、江戸城の堀沿いを進んだところで、正面から粋筋と一目でわかる女が近づいてきた。

「ごめんなさいね」

分銅屋仁左衛門と行き交いそうになった女が、小腰を屈めた。

「いや、こちらこそだよ」

綺麗な女に男は弱い。分銅屋仁左衛門が笑いながら手を振った。

「どうぞ、先にお行きなされて」

「そうさせてもらおう。諫山先生」

「まっすぐ前を向いて聞け。間抜けが、付けられているぞ」

芸妓に促された分銅屋仁左衛門が歩き出し、左馬介が続こうとした。

左馬介の耳に、芸妓の声が届いた。

「……えっ」

念を押されていたにもかかわらず、思わず左馬介は芸妓の顔を見た。

「いやですよ、お侍さま。これからお座敷でございますので。お供はできません」

あでやかに芸妓が袖を振った。

「まさか……」

「それ以上口にするな。愚か者。さっさと主を追え」

一転して低い声で芸妓が罵った。

「じゃ、邪魔をしたな」

わざとらしく詫びて、左馬介は分銅屋仁左衛門の後を追った。

「……諌山先生。見とれましたか。いい女でしたねえ」

顔だけで振り向いた分銅屋仁左衛門が笑いかけてきた。

「分銅屋どの」

「……なにかありましたか」

真剣な表情の左馬介に、分銅屋仁左衛門も笑みを消した。

「付けられているらしい」

「らしいとは」

「先ほどの芸妓がそう言っていた」

左馬介が答えた。

「芸妓が、なぜそのようなことを」

分銅屋仁左衛門が怪訝な顔をした。

「あれは村垣どのだ」

「……はあ」

間抜けた声を分銅屋仁左衛門が出した。

「髷(まげ)を変えて、化粧もしていたが、まちがいない。あの声は村垣伊勢どのだ」

左馬介は断言した。

「いや、あのとき田沼さまがお連れになった……なんともはや、女は化けるというのは知っておりましたが、あそこまで」

みょうな感心を分銅屋仁左衛門が見せた。

「長屋の女房どもは、いつも同じでござるがの」

あまりに感心している分銅屋仁左衛門に、左馬介は要らぬことを言った。

「生きるために女でいられぬのでございますよ。身をやつし、紅を引く金があれば、米を買う」

「わかっておる」

言われなくても、つい数日前まで、一緒に生きてきたのだ。長屋の女がどれだけ厳しい日々を送っているか左馬介は知っていた。

「では、帰りましょうか」

「ああ。でも不意に来た道を戻っては疑われよう」

相手はじっとこちらを見ている。左馬介は村垣伊勢のことを懸念した。村垣伊勢と会話してからいきなり道を変えては、かかわりを疑われかねなかった。

「村垣さまに目がいってはよろしくございませんね」

分銅屋仁左衛門も納得した。

「あそこに茶店がある。そこで休憩を取ってから帰るのはどうだ」

左馬介が堀端に出ている茶店を指さした。

「よろしゅうございますな」

二人は茶店に腰を下ろした。

「茶とそうだねえ。なにかおやっていどのものはあるかい……焼き餅がある。味噌味だね。いくらだい。一つ十二文か。それも二つもらおう」

町奉行所に行く前、蕎麦屋で昼餉はすませてある。夕餉にはまだ早い。分銅屋仁左衛門は、軽いものを求めた。

「餅一個が十二文……」

左馬介は驚いた。

さきほど昼餉に食べた蕎麦が一人前三十二文であった。屋台の夜鳴き蕎麦が十六文に比べて倍するが、店を構えるには家賃もいる。奉公人の給与も払わなければならない。さほど高いとは言えない金額だが、日当二百五十文ほどで土こねをしていたころの左馬介には贅沢品であった。

拳の半分もない餅が、その蕎麦の半額近くする。串に五つ団子が刺さったもので五文から六文で喰える。どう考えても高かった。

「堀際の茶店は、お城へ向かう大名行列を見物しにくるお上りさん相手の商売だからですよ。一度は来ても二度はない。江戸見物に大名行列は外せませんが、一度見れば十分でしょう。お馴染みさんがないので、高いと思われても気にしない。儲けしか考えてません。一回限りの客を相手にするところは、どこも同じですよ」

「茶店なんぞ入ったことがないので、わからなかった。喉が渇けば、その辺の辻奥にある長屋の井戸を使えば、ただですむからな」

説明する分銅屋仁左衛門に、左馬介は語った。

「無駄金を遣わないのはご立派なことでございますよ。今日のように怪しい者がいなければ、わたくしもこのような茶店に座るなんてしやしません」

小声で分銅屋仁左衛門が左馬介に賛成した。

「さて、諫山先生、どいつだかわかりますか」

注文の品が来たところで分銅屋仁左衛門が、さりげなく行き交う人を見ていた左馬介に訊いた。

「わからぬ」

左馬介は首を左右に振った。

「さきほど追い返した男ではありませんか」

「あやつならば、見逃さぬ」

　左馬介が断言した。

「となると別口でございますか」

「加賀屋以外に恨まれる覚えは……」

　顎に手を当てて悩み始めた分銅屋仁左衛門に、左馬介が問うた。

「金貸しをやっておりますからなあ。恨まれる覚えなんぞ、山ほどございまする。とくにお武家さまからは、憎まれておりましょう」

　分銅屋仁左衛門が認めた。

「武家に嫌われるなら、札差だろう」

「とんでもない。札差は、お武家さまの救いの神でございますからね。なにせ、禄米を売ったお金を渡す前に利子を抜いてますからね。あまり利口でないお武家さまは、利子を引かれていると気づかないときもございますし、借金していることさえ忘れている場合もございますよ」

「それはいくらなんでもあるまい」

　分銅屋仁左衛門の言葉を左馬介は否定した。

「おわかりではございませんかね。札差はよほど借金が重なって禄以上に利子が膨らまない限り、金返せと迫らないのでございます。対して、こちらは完全な借金でございますからね。元利揃えて返してもらわないと儲けられませんので。締め日がくれば、お相手がどれほどお偉い方であっても、遠慮なく掛け取りに参ります」

「なるほど」

説明を受けた左馬介が納得した。

「黙って持っていかれるよりも、要求されるほうがうるさい……か」

「さようで。たとえ、利子は札差のほうが酷かろうとも、請求をされなければ気にしませんからね」

分銅屋仁左衛門が茶を飲んだ。

「さて、餅も食べ終わりました。帰りますか」

「馳走(ちそう)であった」

代金を床几(しょうぎ)の上に置いた分銅屋仁左衛門に左馬介が頭をさげた。

四

左馬介にあしらわれた久吉は、腹立たしさを露わにしながら加賀屋へと向かった。

「旦那は」

「久吉さんかい。あんまり表から出入りしないでくれないか。お客さまが嫌がるからね。表から出入りしたいのなら、もう少し身形に気を遣っておくれ」

暖簾を潜った久吉に、番頭が厳しい言葉を投げた。

「……裏へ」

面目や顔を気にする地回りである。御用聞きと同じように扱われたことに一瞬不満を見せたが、金主のところである。尻をまくって番頭を締めあげるなどできるはずもない。おとなしく久吉は裏木戸へと回った。

「ごめんを。久吉でござんす。旦那さまにちょっとお目通りを」

裏木戸から入った久吉は、勝手口で声をかけた。

「……ちょっと待ってなさい」

露骨に嫌そうな顔をした女中が、奥へと引っこんだ。

「お会いくださるそうだけど、あがる前に足を洗って来なさい。外の井戸でね」

戻って来た女中が冷たく言った。

「へい」

すなおに井戸端へ向かった久吉の顔はゆがんでいた。

「馬鹿にしやがって……あの女（あま）、いつか痛い目に遭わせてやる」

雪駄（せった）を脱いで足を洗い、手ぬぐいで水気を取り、ようやく久吉は店へ入れた。

「加賀屋の旦那」

「久吉かい。呼んだ覚えはないよ」

加賀屋の対応も素っ気ないものであった。

「申しわけもございませんでした」

先日の失敗は、すでに一度謝っている。だが、怒りはまだ解けていない。久吉は手を突いた。

「で、今日はなんだい。金の無心じゃあるまいな」

用件を言えと加賀屋が急（せ）かした。

客を相手にするときとは明らかに違った口調は、久吉を下に見てのものである。

「分銅屋のことで」

「見張るだけで手出しはするなと言ったはずだよ」

加賀屋の声が冷えた。

「て、手出しはしておりやせん。ただ、見張っていただけで」

焦った久吉が必死に言いわけをした。

「見張っていただけで来た。なにかあったのかい」

怪訝な顔で加賀屋が先を促した。

「へい。分銅屋に出入りする者に怪しい奴がいないか、どこかへ手助けを求めちゃいねえかを見張っておりやしたところ」

「笑わせてくれるじゃないか。おまえごときにどれが客で、どれが手助けかわかるというのかい」

鼻先で加賀屋が笑った。

「……それは」

言われた久吉が黙った。

「まあいい。で、なにがあった」

久吉をいたぶるのを加賀屋が止めた。

「……分銅屋仁左衛門が出かけやした。しかも用心棒を連れてでござんす」

「ほう。おまえが言っていた帳面を見つけたという浪人だね」

「へい」

思い出すように言った加賀屋に久吉がうなずいた。

「ふむう。用心棒を連れてのお得意先回りはしない。相手を信じていないと取られるからね。となると……どこへ行った」

加賀屋の顔からからかうような雰囲気が消えた。

「北町でござんす」

「町奉行所へ……なにしに」

訊いた加賀屋が思わず、問うた。

「外で待っていた浪人に尋ねやしたが、あいにく」

「声をかけたのかい。まずいことを」

己が質問しておきながら、久吉の対応を加賀屋は非難した。

「いけやせんでしたか」

「当たり前だ。おまえがわたしの意を受けていると、向こうは気づいているんだよ。交渉が決裂し、こちらが手を打とうとしている矢先に、おまえがのこのこ顔を出すなんて……これで、わたしがなにかしてくると向こうに警戒させたじゃないか」

「……すいやせん」

加賀屋の剣幕に、久吉が小さくなった。

「もういい。わたしが指示するまで分銅屋に近づくんじゃない」

「…………」

厳しく言われた久吉がうつむいた。

「……これを持って行きなさい」

手文庫から加賀屋が小判を一枚出した。

「だ、旦那」

さっと久吉の表情が明るくなった。

「やったことは愚かとしか言えないけどね。わたしのためにしたんだ。それは認めてあげる」

「あ、ありがてえ」

久吉が喜んで小判を受け取った。

「ただし、次はないよ。わたしから言っていくまで、分銅屋に近づくんじゃない」

「わ、わかりやした」

ふたたび声を厳しいものにした加賀屋に、久吉が身を縮めた。

「あと、いつ仕事を頼んでもいいように、人手を確保しておきなさい。適当に選ぶんじゃないよ。一度で話を付けられるだけの人物でなければいけない。渡してある金で工面できるね」

前回渡した百両で人を雇えと加賀屋が命じた。

「へ、へい」

畳に額をこすりつけるようにして久吉が承伏し、加賀屋の前から消えた。

「分銅屋が北町奉行所へ行った……あの分銅屋です。この加賀屋に逆らった分銅屋が、なにを考えているのか。確かめねばなりませんね。連日出歩くのは疲れるので嫌いなんですが……」

加賀屋が腰をあげた。

店へ帰った分銅屋仁左衛門と左馬介はひとまず座敷に落ち着いた。

「いろいろ歩いて汚れたでしょうが、今日は湯屋を我慢してください」

「承知」

左馬介はうなずいた。

江戸の町は雨が少ない。そのうえ、赤城山（あかぎやま）から吹き下ろす風がいつも吹いているため、砂埃が多い。一日出歩くと、髪に砂がけっこう付いた。

「最初の小物ではないのですね。後から付けていたのは」

「違うな。あいつに、あれほどのまねはできまい。いくら見ても、誰がそれかわからなかった」

左馬介は嘆息した。

「勘違いということは……」

「ないだろうな。あの女が言っただけに」

甘い考えは避けたほうがいいと左馬介は首を左右に振った。

「明日には北町の野島さまが、この辺りを見回ってくれます。町方が来てくれれば、相手も逃げると思いますが……」

「今夜が問題だと」

「はい」

左馬介の発言に、分銅屋仁左衛門が首肯した。

「分銅屋どの。悪いが今から寝る。夜食として握り飯をいくつか用意しておいて欲しい」

寝ずの番をすると左馬介は告げた。

「ありがとう存じます。用意はいたしておきましょう。店からも何人か出しましょうか」

分銅屋仁左衛門が訊いた。

「そうでござるな。一人で表と裏に気を配るのは無理ゆえ、二人ほどお借りできますか」

提案を左馬介は受け入れた。

「わかりました。で、どうすれば」

「できるだけ若く、耳のよいお方を表に配していただきたい。少しでも不審な音がしたら、拙者のところへお報せいただきたい」

「棒かなにかを持たせたほうが」

「それはお止めいただきたい。武器があるとつい気分が大きくなる。なんとかなると思いこんで報せなかったり、無理をして怪我などされては困りますゆえ」

左馬介は分銅屋仁左衛門の意見を拒んだ。

「たしかにさようでございました。浅はかなことを申しました」

分銅屋仁左衛門が頭を垂れた。

「替えをお借りしたい。一つではなにかあったときに困る」

己の刀に左馬介が触れた。

「借金の形に取ったものがいくつかございまする。しばし、お待ちを」

左馬介の要求に、分銅屋仁左衛門が席を立った。

「……これでよろしいか」

しばらくして太刀を数振り、分銅屋仁左衛門が持って来た。

「……拝見」

左馬介は太刀を抜いてみた。大丈夫だとは思うが、刃こぼれや錆があっては、いざというときに大変なことになりかねなかった。

「め、銘刀でござるな」

剣術の素養がない左馬介でもわかるほど、分銅屋仁左衛門が差し出した太刀はいいものであった。

「いくらの形に取ったか忘れましたが、本当に値打ちのあるのは蔵にしまっておりまする。これらはさほどのものではございませぬ。遠慮なく遣い潰してくださって結構」

分銅屋仁左衛門が気にせず遣えと言った。

「お借りする」

左馬介が太刀を預かった。

「ところで、諫山さま。太刀をお遣いになれますので」

剣術道場へ行かせなければならないほど下手な左馬介である。分銅屋仁左衛門が当然の懸念を口にした。

「斬りつけるのは無理だが、長い鉄扇だと思って、これで殴る。殴ればゆがむが、刀も鉄の塊には違いござらぬ」

斬るのではなく、殴ると左馬介が述べた。

「なるほど。いやはや、諫山さまにかかれば、銘刀も金槌（かなづち）扱いですな」

分銅屋仁左衛門が頬を緩めた。

「よしてくだされ。気が重くなる。この刀を購（あがな）うには、拙者十年はただ働きせねばなりますまい」

左馬介が身震いをした。

「ご安心を。店を守るためでございまする。全部へし折ってくださっても、文句は言いませんよ」

分銅屋仁左衛門が保証した。

「では、寝て参る」

「どうぞ。お隣に床を敷かせましょう」

喜代を呼ぼうと分銅屋仁左衛門が手を叩きかけた。

「いや、真剣に眠りこけては、目覚めてからの動きがしばらく鈍い。夜具は不要でござる」

左馬介が断った。

町奉行所に所属する与力、同心は八丁堀に屋敷を与えられていた。

「都筑さまはご在宅で。加賀屋でございまする」

そのうちの一軒を加賀屋は訪れた。

「遅くにどうした」

すぐに着流しの与力都筑源左衛門が出てきた。

町奉行所の与力はおよそ二百石を食んでいる。しかし、犯罪者を取り扱うことから不浄職と見下げられ、将軍への目通りはできなかった。

また、その職務から町人とのつきあいが深く、生活や仕草なども武士らしからぬものであった。

「夜分に申しわけございませぬ」

加賀屋が頭を下げた。

「まあ、あがんな。加賀屋を玄関先で帰したとあっちゃ、明日、奉行所で皆に責められる」

都筑がそう言って、さっさと奥へ引っこんだ。

「お邪魔いたしまする」

誰も見ていないが、こういうところで里が知れる。ていねいに加賀屋が腰を折って、玄関からあがった。

「こっちだ、加賀屋。客間は灯(ひ)が入ってねえからな。居室でいいだろう」

奥から声がした。

「ごめんを」

呼ばれた加賀屋が都筑の居室へ足を踏み入れた。

「そこらへんに座ってくれ。家内は子供を連れて実家へ帰ってる。もてなしはなしだ。酒でいいだろう」

さきほどまで手酌で呑(の)んでいたらしい都筑が、加賀屋に盃(さかずき)を勧めた。

「遠慮なく、頂戴をつかまつりまする」

加賀屋が盃を受け取った。

「手酌で頼む。注ぐの注がないのといった遣り取りは好きじゃねえ」

　手を振った都筑が、片口に盃を近づけた。

「助かりまする」

　都筑が酒を注ぎ終わるのを待って、加賀屋も盃を満たした。

「……ふうう」

　盃を干した都筑が大きく息を吐いた。

「家内がいると酒はほどほどにとうるさいが、一人だと好きなだけ呑める。いい日だなあ」

　都筑が笑った。

「奥さまは都筑さまのお身体を気遣っておられるのでございますよ」

　殿さまに奥さま、旦那さまに新造というのが武家における妻の呼称である。そして目通りできるかどうかで旗本は殿さまと呼ばれるか旦那さまと呼ばれるか変わった。与力は目通りが許されないため旦那さまである。となれば妻は新造となるのだが、八丁堀だけはなぜか同心の妻も奥さまと称されていた。

「わかっているが、もうこの歳だろう。女なんぞ、欲しくても……酒だけが楽しみなんだよ」

寂しそうに都筑が言った。

「…………」

どう言っても慰めにしかならない。加賀屋は黙って盃を口にした。

「さて、加賀屋。わかった」

「……よろしいのですか。用件をまだお話ししてませんが」

なにも聞かずにうなずいた都筑に、加賀屋が驚いた。

「今まで加賀屋から北町奉行所が受けた恩は大きい。どれだけの金を受け取ったか、数えるのも怖い。その加賀屋が初めて頼みごとをしてきたんだ。黙って引き受けるのが礼というものだろう」

都筑が応えた。

「無茶を申しますよ」

「人を殺せとは言わないだろう」

「結果としてそうなるかも知れませんが」

「因果まで責任を取らなくてもいいさ。おめえが直接手を下さないというならば、それでいい。ああ、金を出して誰かにさせるのは避けてくれ。そうなると大概、下手人は捕まらねえ。殺された奴との接点がないだろう。これは後始末が面倒なんだ」

都筑が冗談めかして釘を刺した。

「わかりましてございまする」

加賀屋が首肯した。

「では、あらためてお願いというのは、浅草門前西の分銅屋がいささか生意気なまねをしてくれました」

「ほう。加賀屋に逆らう奴がいるとはな」

都筑が驚いた。

「後ろ盾ができたのでございますよ」

「ああ、それは言わなくていい。聞いたほうがまずそうだ」

さっと手をあげて都筑が制した。

「そこでちょっと脅しをかけたいと思いますが、どうやら今日、分銅屋が北町のお役所へなにかを頼みに行ったようでございまして」

「分銅屋といえば、野島だな」

定町廻り同心は六人しかいないのだ。知っていて当然であった。

「その頼みを断っていただきますよう」

「分銅屋かあ。あれもかなりの出入りだ。きっちり節季ごとに金をくれている」

少しだけ都筑が逡巡した。

「わかっておりますとも。その分は、しっかり上乗せさせていただきまする」

金での損はさせないと加賀屋が保証した。

「助かる。拙者は加賀屋のために無償で動くのもやぶさかではないのだがな、同心たちがうるさいのだ。なにぶんにも禄が少ないのでな。出入りの金に頼っておる」

都筑が申しわけなさそうに言った。

「お気遣いなく」

そう言いながら、加賀屋が袱紗を差し出した。

「これは都筑さまへのお礼で」

「遠慮なく」

悪びれもせず、都筑が袱紗ごと金を引き寄せた。

第三章　新たな闇

一

吉原への道筋に当たる浅草門前西町は、日が暮れても人通りが絶えない。一日の仕事を終えて、吉原へ泊まりがけで遊びに行く男たちと、その遊客を目当てに出る食べ物屋台が軒を連ねる。

とはいえ、これも深夜子(ね)の刻(午前零時ごろ)までのことである。子の刻になると吉原の大門(おおもん)が閉じられる。危急に備えて大門隣の潜戸(くぐりど)はいつでも使えるとはいえ、人の出入りは止まる。

遊びに行く客がいなくなり、遊んで帰る客も減る。となれば屋台も閉まる。

子の刻を過ぎれば、浅草門前から人気が消えた。

「……………」

それを待っていたように、三つの人影が湧いた。

無言で三人が顔を見合わせ、手で合図を送った。

二人が表に残り、一人が裏へ回った。

残った二人が表戸に耳を押し当て、なかの気配を窺った。

「……………」

うなずき合った二人が、表戸に手をかけた。

商家はどこも盗賊対策として表戸に閂を複数つけている。揺さぶったていどでは表戸は外れない。ましてや、金が商品である両替商の分銅屋である。大槌で表戸を破るという無茶な手段にも対応できるよう、細いながらも鉄芯が仕込まれている。手で力をいれたくらいで、表戸は揺らぎもしなかった。

「……おい」

「ああ」

それでもわずかなきしみ音はする。

寝ずの番を命じられた若い奉公人二人が気づいた。

「先生に」

「いってくる」

一人が奥へ駆けこんでいった。

「……気づかれた」

襲うほうもなかで動く人の気配を悟った。

「やむを得ぬ」

二人が一本だけ腰に差していた刀を抜いた。

「板戸くらい」

背の高い人影が刀を板戸に斬りつけた。

「……固い。鉄芯が入っている」

「まずい。手間取っては人が寄る」

報告した背の高い人影に、もう一人の人影が焦った。

「体当たりで破るぞ」

「ああ。息を合わせよ」

二人がうなずいた。

奥へ走りこんだ奉公人は、左馬介の姿を見つけられなかった。

「どこに……諫山先生」

奉公人があわてた。

「裏に回られたよ」

隣との襖が開いて、分銅屋仁左衛門が答えた。

「旦那さま。起きておられたのでございますか」

奉公人が驚いた。

「おまえたちに見張りをさせておきながら、わたしだけが寝るわけにはいかないだろう」

「……旦那さま」

言った分銅屋仁左衛門に、奉公人が感激した。

「表に来たんだね」

分銅屋仁左衛門が表情を引き締めた。

「はい。表戸が揺らされております る」

思い出したように、奉公人が報告した。

「わかった。おまえたちはもういいよ。二階へあがっておいで。しっかり蓋をするんだよ」

奉公人の部屋は、二階にある。階段をあがって引き出し式の蓋を降ろせば、盗賊は手出しできなくなった。

「よろしいので」

奉公人が確認した。

「あたりまえだよ。おまえたちは親御さんからお預かりしているたいせつな奉公人たちだからね。なにかあっては顔向けができない」

「旦那さま……」

奉公人が感きわまった。

「急ぎなさい。諫山先生には、わたしから言っておくから」

「へい」

手を振った分銅屋仁左衛門に、奉公人がうなずいた。

「来てしまいましたか……田沼さまとお話をさせていただいて、まだそれほど経っていないというに」

分銅屋仁左衛門が小さく首を横に振った。

左馬介は裏木戸の前で鉄扇を構えていた。その前で裏木戸の桟がゆっくりと引き切られていった。

眠気覚ましにと裏木戸を見回った左馬介は、薄いのこぎりが発するかすかな音に気づき、対応しようとしていた。

裏木戸は表戸に比べて作りが甘かった。ほとんど木戸の中央にある横桟一つで木枠へ留められているだけである。これは裏木戸から入っても庭や裏に入られるだけで、母屋への侵入はできないからだ。

裏に蔵はあるが、蔵の作りは母屋よりも強固である。火がつけられることのないよう、蔵は分厚い漆喰で囲まれ、窓には鉄枠がはめられており、扉は厳重に鍵がかけられている。

数人くらいの盗賊でどうこうできるほど、甘いものではなかった。

「……………」

横桟が落ち、静かに裏木戸が開けられた。合わせるように、左馬介が鉄扇を構えた。

「諫山さま……」

そこへ分銅屋仁左衛門が来てしまった。

「ちっ……分銅屋どの、店のなかへ」

待ち伏せの一撃で終わらそうと考えていた左馬介が舌打ちし、分銅屋仁左衛門を巻きこまないように手を振った。

「こちらも」

分銅屋仁左衛門が顔色を変えた。

「……こちらも……表にもか」

左馬介が驚いた。

「…………」

呼吸が乱れた瞬間をはかったように、人影が裏木戸の向こうから飛びこんで来た。

「しまった」

気がそれた。その隙を突かれた形になった左馬介があわてた。

「……ぬん」

侵入してきた曲者（くせもの）が、斬りつけてきた。

「くそっ」

左馬介が咄嗟（とっさ）に右手の鉄扇をあげた。

鉄の塊とはいえ、鉄扇は太刀よりも軽く、短いぶん取り回しが利く。それが幸いした。

甲高い音がして、太刀と鉄扇がぶつかり、火花が散った。

「なんだ、それは」

曲者が思わぬ防御に驚いた。

「わああ」

かろうじて受け止めたとはいえ、不十分な体勢である。衝撃はまともに左馬介の右手へ加わり、しびれた。

右手がまともに機能しなくなった左馬介は、左手にぶらさげていた太刀を振った。

左馬介は右手に鉄扇、左手に太刀を持っていた。

「あつっ」

右脇腹に斬りつけられた曲者が苦鳴をあげた。しかし、剣術に慣れていない左馬介が、左手で繰り出した一撃は軽く、とても致命傷にはならなかった。

「こやつが」

命の危険を感じるほどの傷だと、死への恐怖から人は萎縮する。それに比して痛みを覚えるていどの傷は、与えた者への憎悪を増す。

曲者が怒りの声をあげた。

「諫山先生」

「さっさと戻ってくれ。戸締まりを忘れるな」

邪魔だと左馬介が、分銅屋仁左衛門に命じた。

「……死なないでくださいよ」

ここにいれば左馬介の足を引っ張る。分銅屋仁左衛門が奥へ消えた。

「悪いが、生き残れる自信はない」

分銅屋仁左衛門の背中に左馬介がつぶやいた。

勝手口の締まりは表に比べると甘い。閂が一つと突っ支い棒くらいしかなかった。

「番屋へ」

その二つを終えたところで、ようやく分銅屋仁左衛門がしなければならないことを理解した。

「商家の力で及ぶものではない」

分銅屋仁左衛門は左馬介の覚悟をしっかりと見抜いていた。

「たかが月三両で命を懸けさせてしまった」

商人だけに金の価値はよく知っている。と同時に金の限界も分銅屋仁左衛門はわかっていた。

「たとえ万金を積もうとも、死人は生き返らない」

どれほどの金持ち、権力者でも命は手に入れられない。金や力でどうにかなるなら、徳川四代将軍、七代将軍は跡継ぎなく死ぬことはなかった。

「……表」

今はそんなことを考えている余裕はない。分銅屋仁左衛門は奉公人をさがらせた表へと急いだ。

「まずい、戸がゆがんできている」

表に着いた分銅屋仁左衛門は、板戸の隙間から月明かりが入ってきているのを見つけた。

いかに鉄芯を入れているとはいえ、その太さには限界があった。どうやっても曲がらないほどの鉄芯を使えば、決して人手で破られることはない。しかし、そうなると重すぎて、奉公人の力では開け閉めできなくなる。開かない表戸など、商家にとって邪魔以外のなにものでもなかった。

当然、奉公人が一人あるいは二人で開け閉めできるていどの重さに抑えなければならない。鉄芯の太さは、小指ほどにならざるを得なかった。

「押さえなければ」

外からの圧力に対抗すべく、分銅屋仁左衛門は表戸に取り付いた。

「……反応が重くなった」

すぐにそれは表の曲者へ伝わった。

「なかで押さえているやつがいる」

背の高い曲者が、もう一人に話しかけた。

「面倒な。あまり手間をかけるわけにはいかぬのだぞ」

もう一人の曲者が舌打ちした。

静まりかえった夜中に、表戸へ体当たりを繰り返している。その音は思ったよりも響く。

「誰かが様子を見に来たら……」

背の高い曲者が言った。

「遠くからだろう。もう少しは大丈夫なはずだが、早いにこしたことはない」

もう一人の曲者が難しい顔をした。

火事だと叫べば隣人はとんで出てくる。これは少しでも早く火を消さないと、延焼してくるかも知れないからだ。

対して泥棒だと騒いでも、まず隣人は顔を出さない。火事と違って、うかつに手出しをすると巻きこまれて怪我をしたり、下手をすると殺されてしまう。

要は、己の命、身代に被害が及ぶか、及ばないかの差であった。

では、盗賊のときはどうなるのか。

大きな音が聞こえたら、気づいた者はまずその方向とどのくらい離れているかを判断する。まちがえても巻きこまれて傷を負わないと確信できるほど距離があるとわかったら、初めて外へ出て様子を窺う。

そこで盗賊やもめ事とわかれば、自身番や地元の岡っ引きのもとへ走ってくれる。

当然ながら騒動が始まってから、役人が来るまでは相応のときがかかった。

「おい」

「ああ」

声をかけられた背の高い曲者が太刀を抜いた。

「この向こうあたりにいるはずだ」

「承知」

板戸の中央をもう一人の曲者が指さした。

「…………」

背の高い曲者が太刀を引いて突きの構えを取った。

「…………」

　突きは対人において、有効な技であった。斬り損じはあるが、突き損じはないと言われるほど、決まれば致命傷を与える威力を持つ。とはいえ、木戸相手となると話は変わる。刃物の鋭さだけであっさりと裂ける人体ではない。板戸とはいえ、切っ先を防ぐだけの固さは持っている。

　それを破るだけの力を切っ先にこめるべく、背の高い曲者は力を溜めた。

「……退いてくれ」

　技を放つべく、背の高い曲者が仲間に求めた。

「おう」

　もう一人の曲者が、右へと避けた。

「やあああ」

　背の高い曲者が気合い声を発して、前へ出ようとした。

「させぬよ」

　その目の前に影が降ってきた。

「……あああ」

　十分に溜めた筋を一気に解放した背の高い曲者は止まれなかった。そのまま影ごと板戸を貫かんと一撃を繰り出した。

「ふん」

己より頭一つ高い曲者の突きを、影はあっさりと受け止めた。

「……なにっ」

止められた背の高い曲者が絶句した。

切っ先が、鞘に入ったまま抜かれた太刀の柄に受け止められていた。

「やれ、馬鹿力だ。柄がゆがんだではないか」

影が嘆息した。

「何者だ」

右に退いていたもう一人の曲者が誰何した。

「夜中に商家の板戸を破ろうとしている曲者に、不審者扱いされるとは……世も末だな」

影がおもしろそうに笑った。

「……きさま」

背の高い曲者が太刀を引こうとし、合わせてもう一人が影へと抜き撃った。

「息が合っているのは結構だが、見え見えだ」

影が背の高い曲者へと身体を寄せた。

「くっ」

仲間を斬りそうになった曲者が焦って太刀を止めた。

「誰の手だと訊いても答えまい」

「当たり前だ。きさまこそ……」

影の言葉に、背の高い曲者が反論しようとした。

「ほう、やはりただの押し込みではなく、走狗か」

「ちい」

はめられたと知った影が歯がみをした。

「ならば、遠慮は要らぬな。敵は減らさねばならぬ」

影が左の手首だけを鋭く振った。

「……かはっ」

背の高い曲者の喉に手裏剣が突き立った。

「崎山……よくも」

仲間を殺されてしまえば、遠慮は不要である。残った曲者が半間（約九十センチメートル）ほどしかない必死の間合いから攻撃をしかけてきた。

「怒りは技を遅くする。そう習わなかったか」

すでに死んでいる背の高い曲者を手で摑んで盾代わりに影が突き出した。

「あわっ」

死体といえども仲間の身体に斬りかかるわけにはいかない。曲者が太刀の軌道を無理矢理に変えた。

「お優しいことだ。敵と一緒に真っ二つにされたとしても、死人は文句を言わぬというに。どころか、仇を取ってくれたとあの世で感謝したろうにな」

嘲りながら影が、死体を蹴りつけた。

「なにをする」

飛ばされた仲間の遺体を曲者は思わず受け止めた。

「それが甘いのだ」

冷たく影が宣し、遺体ごと曲者を貫いた。

「がっ」

まともに鳩尾を突きとおされた曲者が、仲間の死体を抱いたまま地に崩れた。

「なにも身許を明かすようなものを持ってはおるまいが……」

死体の懐を影が探った。

「やはりないな」

確認するように独りごちた影が腰をあげた。

「さて……後片付けをせねばならぬが……」

影が分銅屋の向こうを見るような目をした。

「……やりすぎねばよいがな。村垣が」

小さく影がため息を吐いた。

二

唯一の好機に放った一撃は浅かった。これで相手は油断しなくなり、左馬介の勝機は消えた。残るは町方役人という名の援軍が来るまで生き残れるかどうかである。助けが来なければ、左馬介にあるのは敗死だけであった。

「えいっ」

左馬介は左の太刀を相手に投げつけた。

「……むだなことを」

相手が飛んできた太刀をあっさりと弾いた。

「いやいや、十分だ」

太刀を払うために相手の動きは一拍の間とはいえ制限され、左馬介への攻撃が止まる。

「来いっ」

そのわずかな間で、左馬介は鉄扇を握りなおした。時間稼ぎが功を奏し、右手のしびれはましになっていた。

「なるほどな。だが、そんな鉄扇一つで吾が太刀を止められると思うのか」

相手が左馬介の意図に気づいた。

「…………」

左馬介は口をつぐんだ。

「呼吸こそ、軍扇術の要である。ゆえにしゃべるな。しゃべるとき、人は息を吐かねばならぬ。吐けば吸わねばならぬ。人の身体は息を吸うためには胸の筋を緩めなければならぬ。胸の筋が緩めば、繋がっている腕まで力を出せなくなる。守り抜いて、敵の隙を突くのが軍扇術である。こちらが隙を作っては意味がない」

亡父が常々言っていたのを左馬介はよく守っていた。

「怯えて声も出ぬか」

嘲笑しながら、相手が太刀を振りあげた。

「せめてもの情け、苦しまずに殺してくれる。かあああ」

相手が太刀を振り落とした。

「……ぬん」

小さく息を吐き、全身の余分な力を抜いて、右腕にすべてを集める。左馬介が大上段からの一撃を鉄扇で受け、弾いた。

「こいつっ」

相手が悔しがった。

鉄扇は短い。太刀のように振り回して力を増すということがない。受け止めるよりも受け流すに近い。小さな動きで鉄扇は十分な効果を出した。

「上からを防ぐならば、横からはどうだ」

相手が太刀を薙（な）いできた。

「……おう」

左足を引いて、右半身になった左馬介は、それも受け止めた。

「…………」

平然としている風を装いながら、左馬介はじっとりと汗を掻いていた。たった二度の打ち合いで、相手は鉄扇術の弱点を見抜いたとわかったからである。

鉄扇術は武器を持っている手の届く範囲しか防げない。そして鉄扇の長さは、長くて一尺（約三十センチメートル）である。右手に鉄扇を持った状態で、左からの攻撃は対応できないのだ。

もちろん、そんな欠点を放置しておいて、術などとおこがましくて言えはしない。それへの対応はしっかりと体系づけられている。それが今の足さばきであった。

足さばきに通じれば、どこからの攻撃でも防げる。

こう鉄扇術は嘯く（うそぶく）が、じつはそうではない。足さばきでどうにかなるのは、敵が一人ないしは二人で、そのうえ同じ方向から襲い来るとの条件だけであった。

前後を挟まれてしまえば、鉄扇術ではどうしようもない。これが鉄扇術を護身の技以上にしていない弱点であった。

「ほう。これも止めるか。ならば」

相手が太刀を引いた。太刀を高青眼（たかせいがん）に構える。突きを放つつもりであった。

「…………」

突きへの対策ももちろん鉄扇術は持っている。

「やあああ」

裂帛（れっぱく）の気合いとともに突きが放たれた。

「おうよ」

鉄扇のもっとも太い先の部分で切っ先を受ける。というより、弾くように上へそらす。なかなかに拍子が取りにくい難しい技である。しかし、こうしないと切っ先を真正面から止めては鉄扇が保たない。そのへんの無頼や剣術もまともに学んでいない浪人ていどの突きならば、受け止めたところでどうということはないが、遣い手の一刀となると厳しかった。

「……危ないところだ」

切っ先を上へそらされた途端に、相手がさがった。

「……やる」

前へ出ようとした左馬介はたたらを踏んで止まった。

突きを上へ払えれば、相手の脇が開く。そこへ踏みこんで鉄扇で相手の胸の中央、胸骨を打ち砕くのが、攻撃技をあまり持たない鉄扇術の必殺技であった。

左右から伸びて胸を形成している肋骨を中央で止める役目をしている胸骨は腕や足の骨に比して薄い。

鉄扇で力をこめて叩けば、容易に粉砕できる。

中央の要ともいうべき胸骨を失えば、肋骨の動きが狂う。人は肋骨に収められた肺腑で呼吸をする。吸えば左右が同じように膨らみ、吐けば縮む。この調整をしているのが肋骨の間にある薄い筋と胸骨なのだ。その一つがなくなれば、左右の筋は勝手に動く。

腕に右利き、左利きがあるように、胸の筋も左右差がある。その左右差が露骨に現れ、呼吸の調和を壊す。結果、吸っても空気は肺に思ったほど入らず、吐いてもすべての空気は出ていかなくなる。

もっとも、それ以上に胸骨は薄い骨のなかに大きな骨髄を内包している。胸骨が砕ければ、骨髄も潰れる。その痛みたるや大の大人でも気を失うほど強烈なものであった。

もし左馬介の思惑通りになれば、この戦いは勝利で終わった。

しかし、太刀が上へ撥ねられたと知った瞬間、相手はしっかりと間合いを空けた。

「ふん。二度は通じぬ」

相手がふたたび剣の間合いに左馬介を入れた。

剣に比べて鉄扇は半分もない。向こうの間合いは、左馬介にとって攻撃が届かない距離である。

「その鉄扇ごと叩き斬ってやろうず」

相手がゆっくりと太刀を大上段へと変えた。もう一度真っ向から来るつもりであった。

「…………」

左馬介は顔色をなくした。

その鋭い刃による斬撃を主とするため忘れられがちだが、太刀は刃の付いた鉄棒である。刃先が欠けるのを覚悟すれば、鈍器としても遣えた。

片手持ちの鉄扇を両手で扱うのは難しい。とはいえ、真っ向から渾身(こんしん)の力で振り落とされる攻撃を右手だけで支えられない。

左馬介は扇の先に左手を添えて、受け止めた。

「ぐおっ」

なんとか止められたが、その圧力に左馬介の腰が砕けかけた。

「情けないの、浪人。商人ごときに尾を振る犬は、そのていどだな」

相手が嘲笑した。

「…………」

言い返す余裕は左馬介になかった。

上から押さえつけるのと、下から押しあげるのでは、上が有利であった。上からだと己の体重を加算できるからだ。

対して下から押しあげるには、手にしている鉄扇の重さまで敵にしなければならない。

「このまま唐竹割(からたけわり)にしてくれる」

ぐっと力が増した。

「……つう」

少しずつ、少しずつ鉄扇がさがり、合わせて刀の刃が近づいてくる。左馬介は呻いた。

「情けない」

場違いな女の声が響いた。

「なっ」

「その声は」

相手が先に驚愕してくれたおかげで太刀の圧力は減衰し、左馬介の驚きによる脱力は致命傷にならずにすんだ。

「浪人といえども、武士の形(なり)をしているならば、気を張りなさい」

「どこだ……上か」

続いた発言に、左馬介を襲っていた曲者が辺りを見回した。

黒装束を着た村垣伊勢が屋根の上で立っていた。

「忍(しのび)」

曲者の気が村垣伊勢へ向いた。

「……くらえっ」

死の恐怖から解放された左馬介は、腰を地面に落とすと低くなった位置で鉄扇を思いきり振った。

「……なにっ……ぎゃああ」

目の前から消えた左馬介に驚いた曲者が絶叫した。

「もう一本もらう」

左馬介は鉄扇を翻した。

「ぐおおお」

両方の臑(すね)を叩き折られた曲者が倒れた。

「弁慶の泣きどころっていうのは、本当だな」

先ほどまで勝ち誇っていた敵が、痛みに転げ回るのを見た左馬介が呟(つぶや)いた。なにかまだ助かったという実感がなかった。

「みょうな感想だな。生き残った安堵の喜びとか、助け船を出したわたしへの感謝の言葉などはどうした」

屋根の上から跳んで降りてきた村垣伊勢が、左馬介に話しかけた。

「……ああ、助かった」

左馬介はようやく我に返った。

「気を失っているな。偉そうな口を叩いたわりに情けない」

すっと左馬介から目を曲者に移した村垣伊勢が冷たく言った。

「どこから見ていたのだ」

左馬介が訊いた。

「こいつが大上段に構えてからだ」

「早くから来ていたなら、さっさと手伝ってくれれば……」

「わたしの任に、そなたの救命は含まれておらぬ」

左馬介が文句を言った。

あっさりと村垣伊勢が告げた。

「分銅屋を見張れとの命をうけているだけだからな」

「ということは、これは」

「貸し一つだ」

村垣伊勢が口の端を吊りあげた。

「高くつきそうだ……いかん、表」

左馬介が慌てて立ちあがった。

「…………」

裏木戸から外へ出た左馬介を村垣伊勢は黙って見送った。


表へ回った左馬介は板戸が無事なのを見て、ほっと力を抜いた。

「いや、無事……ではないのか」

板戸がゆがんでいるのを左馬介は見つけた。

「……破られてはいない。敵はどこだ」

左馬介は鉄扇を握りなおして、周囲を見た。

「……血」

襲われたときのためにと板戸を背にすべく動いた左馬介は、足の裏に粘つくものを感じて見下ろした。

「誰が……」

死体を残すことなく片付けた手腕に左馬介は震えあがった。

「諫山先生で……」

板戸の向こうから分銅屋仁左衛門の確かめるような声が聞こえた。

「分銅屋どの、大事ないか」

雇い主に何かあったら、用心棒は終わりである。いや、用心棒だけではなく、左馬介の生活も破綻した。

用心棒として雇われていながら、主を守れなかった。仕事を果たせなかった浪人に、新たな雇用主は現れない。

「そちらこそ、お怪我は」

「死にかけたが生きてる。それよりもなにがござった」

説明を左馬介は求めた。

「裏へ戻っていただけますか。表の板戸はゆがんでまして使えません。開けられましょうが、閉じられませんからね。朝まで開けっ放しというわけには参りませんので。さすがに不用心でございましょう。夜中に開いている店を見て悪心を起こす奴がでても困りますし」

「承知」

左馬介はもう一度裏へ戻った。

「…………」

裏木戸を開けるのに、左馬介は躊躇した。

なかには戦った相手が倒れているはずであった。

「両足を叩き折ってやったから、いきなり襲いかかって来ることはないだろうが……」

左馬介は鉄扇の先で、裏木戸を押した。

「……おや」

隙間から裏庭を見た左馬介は、倒れているはずの曲者の姿がなかったことに驚いた。

「まさか、逃げ出した」

気絶していた者が、しかも両足の骨を折られた曲者が、一人で動けるはずはなかった。

「仲間が助けに来た……村垣どの」

蹴破る勢いで裏木戸を全開させた左馬介が飛びこんだ。

「…………」

左馬介は鉄扇を前に突きだして、不意の攻撃に備えた。

「……誰もいない」

村垣伊勢も、新たな敵の姿もそこにはなかった。

「なんなんだ」

左馬介は呆然(ぼうぜん)とした。

戸が開く音が、左馬介の耳に届いた。

「そこか」

顔を向けた左馬介は、母屋の勝手口が開くのを見つめた。

「諫山先生……なにか」

険しい表情で睨みつける左馬介に、分銅屋仁左衛門が目を剝いた。

「分銅屋どのか」

左馬介がほっとした。

「ここに一人倒したのだが、いなくなっている。歩けぬように両足を折っておいたのだが……」

「両足を……お優しいことでございますな」

告げる左馬介に、分銅屋仁左衛門が冷たい声を出した。

「とにかくなかへ」

分銅屋仁左衛門が促した。

「その前に、裏木戸をどうにかせねば、閂が引き切られた」

左馬介が裏木戸へ目をやった。

「そこいらの棒きれで突っ支い棒をしておいてくだされば。もう一度来たら、母屋に籠もりましょう」

訊いた左馬介に、分銅屋仁左衛門が指示した。

「わかった」

左馬介は裏木戸へ戻った。

母屋に戻った左馬介は、分銅屋仁左衛門とともに表板戸を見張れる店先に座った。

「まずは、そちらの話をお聞かせください」

分銅屋仁左衛門が報告を求めた。

「裏木戸から一人……」

左馬介は村垣伊勢の登場までを語った。

「それは大変でございましたね。よくご無事で」

分銅屋仁左衛門が左馬介を褒めた。

「助けられただけだ」

「貸し一つ、それはそちらで処理していただきますよう」

村垣伊勢との遣り取りは、店にはかかわりないと分銅屋仁左衛門が宣告した。

「……わかっているつもりだ」

己の命だ。その後始末を他人に押しつけるほど左馬介は恥知らずではなかった。

「で、こちらは……」

分銅屋仁左衛門が話し始めた。

「板戸が破れないよう押さえていたときでした。いきなり圧力が消えて、なにやら外で話し声が聞こえ、その後静かになりました。さすがに外を覗き見るだけの度胸はなく、なかから窺っていたところに、諫山先生が来られた」

「ふうむ。村垣伊勢どのの話からすると、田沼さまの手のお方が助けてくださったと思われる」

「でございましょうね。さすがは切れ者と言われるお方でございますな」

左馬介の推論に、分銅屋仁左衛門が同意した。

「そういえば、町方への報せはどういたす」

商家へ押し入ろうとした曲者が出た。すぐにでも自身番へ人を走らせるべきであった。

「死体も残ってませんよ」

分銅屋仁左衛門が難しい顔をした。

「ふむう」

左馬介が腕を組んだ。

「裏の曲者は生きていたにもかかわらず、いなくなっていた。死体より生きている虜囚を運ぶほうが数倍面倒なはず」

生きていれば抵抗する。両足は使えなくとも、手を振り回して暴れる。捕まればどのような目に遭わされるかわからないのだ。

「それを考えれば……田沼さまは今回のことを表沙汰にはなさりたくないと」

「と考えるべきでござろうな」

左馬介はうなずいた。

「やれ、表と裏の修繕費用、どこに請求もできませんか」

分銅屋仁左衛門がわざとらしく嘆息して見せた。

「ですが、このままにはしませんよ」

「当然でござるな」

報復すると言った分銅屋仁左衛門に、左馬介も同意した。

「明日、野島さまがお見えになったら、出かけます」

「よいのか、また後を付けられるぞ」

「付けていただきましょう。明日は、田沼さまのお屋敷に行くだけですから。今さら、田沼さまとの関係を見られたところで、なにも変わりませんし」

「田沼さまのもとへ……」

「あちらさまの思惑もお聞かせいただかねばなりません。こちらが勝手に動いてもいいかどうか。万一のとき、どこまで田沼さまがお手を貸してくださるか。そのあたりをしっかりとお話しさせていただきませんと、こちらだけが損をするのは勘弁です」

分銅屋仁左衛門が不満を口にした。

「話し合いになるのか。相手はお側御用取次さまでござるぞ」

老中や若年寄ほどではないが、お側御用取次も役人のなかでは力を持つ。

左馬介は懸念を表した。

「御上お役人とはいえ、無理難題を通せるとお考えならば、おつきあいはできません。場合によっては袂を分かつことも思案に入れておいてください」

分銅屋仁左衛門が冷静な声で告げた。

「拙者はよいがの。日当をもらっているかぎり、分銅屋どのの指図に従う。なれど分銅屋どの」

左馬介が分銅屋仁左衛門の目を見つめた。

「夢はあきらめるのでござろうか」

「………………」

分銅屋仁左衛門が瞑目した。

「……さあ、今日はもう休んでください。わたくしはもう少しここにおります」

一人にしてくれと分銅屋仁左衛門が頼んだ。

馬場大隅は、両手に抱えた曲者二人の死体を、大川へ流した。

「……なにをする」

仲間が捨てられるのを見せつけられた生き残りが、村垣伊勢に問うた。

後ろ手にくくられ、歩けないため引きずられてきた生き残りの目にはおびえが浮かんでいた。

「しゃべれば医者を呼んでやる」

村垣伊勢が生き残りを見下ろした。

「きさまらは何者だ」

「誰に命じられた」

問うた生き残りを村垣伊勢は無視した。

「両替屋だ、金があると思って襲ったのだ」

「誰に命じられた」

村垣伊勢は繰り返した。

「だから、先ほど川に捨てられた奴に誘われて……」

「誰に命じられた」

感情のない声で村垣伊勢は訊いた。

「言っておるであろう。我らは金欲しさに」

「誰に……」

「もういいだろう」

死体を捨てた後、黙って手を動かしていた馬場大隅が村垣伊勢を止めた。

「………」

不服そうな顔で村垣伊勢が馬場大隅を見た。

「似てるだろう」

　そんな村垣伊勢に馬場大隅が手にしていた紙を拡げて見せた。

「……たしかに」

「そ、それは」

　じっくりと見てうなずいた村垣伊勢とは反対に、生き残りが絶句した。

「ここから捨てた死体は、流れの関係で霊岸島の辺りの杭にひっかかる。身許のわからない土左衛門は、町方が担当する。そして町方は、吾が今やったように似顔絵を描いて、死体がどこの誰かを探す。素人の吾でさえこれくらいは描ける。町方に雇われた絵師はもっとうまく特徴を掴むだろう。似顔絵と手にしていた差し料、紙入れ、衣服があれば、案外おもしろい結果がでるのではないか」

　馬場大隅が生き残りに、にやりと笑って見せた。

「な、なにを言うか。身寄りのない天涯孤独な浪人だ。そのようなことをしても無駄だ」

　生き残りが否定した。

「心配するな。無駄足を踏むのは町方役人で、我らではない」

　村垣伊勢が冷たく宣した。

「ということでな。これ以上は意味がない。最後だ。誰に命じられた」

わざとらしく人相書きを揺らしながら、馬場大隅が詰問した。

「知らぬ」

生き残りが横を向いた。

「ならば、不要」

短く言った村垣伊勢が、懐刀を生き残りの後ろ首に突き刺した。

「……っ」

急所への一撃に生き残りが一瞬身体を震わせて、絶息した。

「ふむ。首筋を裂かなかったのは上出来だ。盆の窪ならば、さほど血は出ぬ。末期の小便は防げぬが、血痕ほど目立たぬ」

褒めた馬場大隅が似顔絵を懐に仕舞った。

「重いな」

続いてつい先ほどまで生き残りだった男を大川へと突き落とした。

「こちらで調べるならば、衣服や紙入れを手に入れておかなくてよいのか」

「どうせやつしだろう。あれで身許が知れるとは思えぬ」

やつしとは身形を変えることをいう。馬場大隅はあっさりと応じた。

「刀はそうはいかぬでな。使い慣れたものでなければ、いつものようには振れぬ。柄の握りが違う、刀身の重さが違うだけで、切っ先の届きが変わる。どれほどやつそうとも太刀はそのままのはず。まあ、これも念のためでしかない。あやつらの身許を真剣に探すだけの手が我らにはない」

取りあげてあった両刀を馬場大隅が担いだ。

「他の者に手伝いを頼むわけにはいかぬのか」

「お庭番のなかにも札差から金を借りている者はおる。大御所吉宗さまは、そのあたりを勘案なさって、我ら四名を選抜されたのだ」

援軍を頼めばと言った村垣伊勢に、馬場大隅が首を横に振った。

「さて、吾はこれらを持って一度組屋敷へ戻る。村垣は……」

「わかっている。もう一度分銅屋へ戻り、見張りを続ける」

馬場大隅に被せるよう、村垣伊勢が言った。

三

夜が明けるなり、分銅屋は大わらわであった。

「左平次、棟梁(とうりよう)のところに走りなさい。職人さんは、朝が早い。現場へ出かける前に摑まえて、店へ来てもらっておくれ」

起きて来た奉公人に分銅屋仁左衛門が指示を続けざまに出した。

「店の皆で、ゆがんだ表戸を外すよ。いいかい、力を入れすぎて、戸板の溝まで壊すんじゃないよ」

「へい」

命じられた奉公人が、朝餉も摂らずに動いた。

「拙者はどうする」

こういうとき、用心棒は手持ちぶさたになる。左馬介はなにか手伝うかと訊いた。

「先生は、表戸の外を検めてくださいな。もし、血とか小便とか、そんなものがあれば掃除しなければいけません」

「わかった」

徹夜明けの重い身体を左馬介は立ちあがらせた。

「ああ、先生。お喜代から塩を受け取ってくださいな」

部屋を出かけていた左馬介を分銅屋仁左衛門が止めた。

「塩……」

思いもしないものの名前に左馬介は怪訝な顔をした。

「塩は、吐瀉物や血の臭いを消してくれます」

「そういうものか。承知」

分銅屋仁左衛門の説明に、左馬介はうなずいた。

塩の入った壺を女中の喜代から預かった左馬介は、裏木戸から表へ回った。

まだ分銅屋の表戸は開けられていない。夜明けから間もないためか、周辺の店でも開けているところは一軒もなかった。

「朝帰りはいるのだな」

ちらほらと男の姿が見える。どれもが昨夜抱いた吉原の遊女を思い出しているのか、だらしない顔をしているように左馬介には見えた。

「うらやましいことだ。一夜とはいえ、遊べるだけの余裕があるとはの」

一夜吉原で遊べば、安くとも二朱やそこらはかかる。二朱は七百文ほどになる。性欲は余裕があってこそのものである。どうしても左馬介は食いものに比重を置いてしまう。

「吉原の遊女と一晩戯れる金で、五日は生きられる」

煮売り屋で飯とおかず二品で六十文くらいである。おかずを一品に減らせば四十文ほどですむ。

「万一に備えた金も要る。なんとか、分銅屋どののおかげで二分は紙入れに寝かせられているが……」

日雇いに明日の保証はない。仕事がなくなれば金は入らず、病を得ればそれこそ十日以上無収入に落ちる。

「うらやましいかぎりだ」

分銅屋の表を確かめながら、左馬介は吾が身と遊客を比べて嘆息した。

「……血だな」

朝日に照らされた地面に黒い点がいくつか散っていた。

「一夜経ってすでに乾いているが、これにも塩を撒いて効果があるのか」

疑問を感じながら、左馬介は塩で血痕を覆っていく。

「……くさいな。小便の匂い」

血痕の近くで独特の臭いが鼻についた。

「酔客の立ち小便でも、犬のものでもなさそうだ」

繁華な表通りに面している家は、夜中に立ち小便をかけられることがままあった。

また、江戸は犬が多く、店の角などに臭い付けをされるのはしょっちゅうであった。

だが、小便の臭いは店から少し離れていた。犬も酔っ払いも道の真ん中で小便はしない。

「殺されたか。表の刺客は」

人は死ねば全身の力が抜け、小便や大便を漏らす。左馬介はお庭番の容赦なさをあらためて知った。

「……これくらいでいいか」

念入りに撒いたせいか、塩は壺の半分を割っていた。

「遣いすぎたかの」

左馬介は喜代に怒られるのではないかと危惧した。

「この白さ、粒の細かさからみて、赤穂(あこう)の塩だろうしな」

砂糖ほどではないが、塩も高かった。

塩にも格があった。上方(かみがた)から来るものを下(くだ)りものとしてありがたがる江戸で、もっとも人気の高いのが赤穂の塩であった。

「あの忠臣蔵の塩だぞ。かかあを質に入れても買わずばなるめえ」

赤穂浪士の討ち入りは、毎年芝居で忠臣蔵として上演される。殿さまの無念を晴らすために艱難辛苦(かんなんしんく)する浪士たちが、本懐を果たしたのち命を散らす物語は、人情に脆(もろ)い江戸の庶民の心をわしづかみにして離さない。

贔屓の引き倒しに近いが、赤穂の塩は江戸でも人気で値段も高かった。

「味なんぞ同じだと思うがの」

手に付いた塩をなめながら、左馬介は首をかしげた。

「せええのお」

店のなかから気合いが聞こえ、ゆがんでいた板戸が外された。

「おおっ。戸が開いたな」

「おや、先生。なにを……塩撒きのようで……まさか」

開いた表戸から顔を出した手代が、左馬介を見つけて顔色を変えた。

「ご覧のとおりだ。あとで塩ごと土を剝がし、川にでも捨ててくれ」

左馬介が目で白くなった地面を指した。

「……へい」

手代が怯えた顔でうなずいた。

「心配するな。昨日襲われたのは確かだが……」

隠したところで表戸の番をしていた奉公人の口から、もう拡がっている。左馬介は真実を話した。

「表戸と裏木戸の桟は壊されたが、誰一人怪我をしておるまい」

「……そういえば」

手代があらためて気づいたという顔をした。

「拙者はそのためにあるのだ」

左馬介は己の手柄だと胸を張ってみせた。

「先生がいれば……そうでございますな」

手代の不安が少し晴れた。

「では、頼むぞ。拙者は主どのに報告いたして参る」

「お任せを。おい、丁稚」

首肯した手代が丁稚を呼びつけた。


田沼主殿頭意次の朝は早い。お側御用取次は三交代で宿直番をこなすため、それでないかぎり登城は五つ（午前八時ごろ）過ぎで問題はないが、田沼意次はいつも五つ前に将軍家重の前に出ていた。

「主殿頭さま」

朝餉代わりの湯漬けを食していた意次に、天井から声がかけられた。

「明楽か。構わぬ」

降りてこいと意次が許可をした。

「ごめん」

天井板が一枚はずれ、そこから明楽飛驒が顔を出した。

「申しわけございませぬが、この後もありますれば、このままで」

上から見下ろす無礼を明楽飛驒が詫びた。

「よい」

気にしていないと意次は食事を続けた。

「昨夜、分銅屋が襲撃されましてございまする」

「……早かったな。で、どうであった」

箸を止めて意次が先を促した。

「馬場と村垣をつけておきましたので……」

経緯を明楽飛驒が報告した。

「三人の武士か。浪人ではないのだな」

食事を終えた意次が確認した。

「浪人を装ってはおりましたが、あれは主持ちでございまする。村垣が浪人の汗臭さが着物に染みこんでいないと申しておりました」

明楽飛騨が告げた。

浪人に替えの着物を買う余裕はない。夏の単衣と冬の綿入れを一つずつ持っていれば普通、合い着まであればかなり裕福になる。

どちらにせよ、予備はない。となれば洗濯などできないのだ。さすがにふんどしは洗わないとまずいので、何枚か持っているにしても、夏の単衣が一枚ではきつい。どうしても汗の臭いが染みついてしまう。

「あの女お庭番か。女は男の臭いに敏感だという。ならばまちがいなかろう」

意次が納得した。

「身許は知れておらぬのだな」

「……はい」

「気にするな。すぐにわかるようなまねをするやつならば、こちらが相手をするほどではない。生き残りがいたとしても、口を割るとは思えぬ」

すまなさそうな明楽飛騨を意次が慰めた。

「似顔絵を制作いたしておりまする。それを遣おうかと思っておりまする」

「ふむ。あぶり出すか」

すぐにその意図を意次は見抜いた。

「目付や徒目付に似顔絵を回せば、あちらにも知れましょう。生き残りをこちらが確保していると匂わせれば……」

「始末に来るな」

明楽飛驒の策を意次は認めた。

「念のため、町方にも調べさせようと死体は、見つかりやすいようにと、大川へ流しましてございまする」

明楽飛驒の報告が終わった。

「町方を遣うか。良い手だ。我らが動くにはまだときが不足しておる。初手は町奉行所にさせよ」

「承知いたしましてございまする」

「わかった。ところで分銅屋の浪人はどうであった」

「村垣の言によりますと、遣えないとのことでございまする」

問われた明楽飛驒が告げた。

「怪我でもしたか。それとも震えて出て来なかったか」

「裏からの侵入者と対峙いたしたそうでございまするが、さほど遣える相手でもないのに、無様な姿を晒したと」

「ほう」

意次が目を大きくした。

「立ち向かえてはいたのだな」

「馬場の報告では、侵入してきた者の両足の臑を砕いたとのこと」

「殺さずに倒したとは、やるではないか」

聞いた意次が褒めた。

「ご苦労であった」

「……主殿頭さま、一つお願いがございまする」

帰っていいと言われた明楽飛騨がわずかに悩んだ後口にした。

「申せ」

「お目付衆を抑えていただきたく」

明楽飛騨が願った。

「ふむ。我らが動けば……生き残りを寄こせと言い出すか、目付は」

意次が難しい顔をした。

目付は幕府の監察である。その職権は幕臣、大名から大奥女中にまで及ぶ。老中の支配を受ける配下だが、職責上その老中でさえ訴追できる。他人払い（ひとばらい）の上、将軍家へ目通りを許される特権もあり、御三家、御三卿といえども気を遣う。

また、欠員が出たときは、目付全部による入れ札で候補を選ぶ、衣服は一目で目付とわかるよう黒麻の裃と決まっているなど独特の風習を持ち、矜持も高い。

権勢のあるお側御用取次とはいえ、目付への手出しは難しい。

「以降は、目付が担う。すべての証、捕縛した者を渡し、お庭番は手を引け」

当然、目付が江戸城下を騒がせた不審の武士をお庭番が捕まえたと知れば、かならずや口出しをしてくる。

「かといって町方が役立たずであったとき、似顔絵を使わぬわけにも行きませせず」

似顔絵は餌なのだ。餌を付けない竿に引っかかるほど間抜けな相手とは思えなかった。

「……できるだけやってみよう。確実とは言えぬぞ。なにせ、相手はあの目付だからな。己だけが正しいと思いこんでいる連中だ」

「お願いをいたしまする」

保証はできないと言った意次に、明楽飛騨が頭をさげた。

「では、これにて」

「ああ、待て。一つ頼まれてくれ」

天井板を閉じようとした明楽飛驒に意次が声をかけた。

「分銅屋に伝えてくれ。今日は宿直番ゆえ、来てもおらぬとな」

意次は、分銅屋仁左衛門が苦情を申し立てに来ると予想していた。

「明日の昼八つ（午後二時ごろ）に待っておるとも」

意次がときを指定した。

「承りました」

声を残して天井板が閉じられた。


表戸の修理はすぐに始まった。

「こいつは、板戸を替えなきゃいけやせんね。縦にひびが入っている」

呼び出された棟梁が板戸を見て、告げた。

「できるだけ早い修繕をお願いしたいのだけどね」

金を扱う両替屋である。表戸なしで夜を過ごすのは危なすぎた。

「すぐに手配いたしやす。鉄芯の取り付けは無理でござんすが、板戸だけは今日中になんとかしやす」

大得意の依頼を無下にはできない。棟梁ができるだけのことはすると言った。

「頼みますよ」

棟梁との遣り取りを終えた分銅屋仁左衛門が、左馬介の待つ奥座敷へと戻った。

「どうであった」

眠そうな顔で左馬介が問うた。

「裏木戸の桟は朝のうちに交換してくれるそうです。問題は表戸なんですよ。なんとか板戸だけは間に合わせると言わせましたが……」

「鉄芯までは手が回らない」

「はい。鉄芯は大工の仕事じゃありません。鍛冶職人に修繕を頼まなければ」

「曲がった鉄芯を叩いてまっすぐに戻すだけなら、大工でも、いや日雇いの浪人にもできよう」

ため息を吐く分銅屋仁左衛門に左馬介が首をかしげた。

「…………」

あきれた表情で分銅屋仁左衛門が左馬介を見た。

「ご存じない……そういえば腰の刀は飾りでしたね」

「な、なんだ」

馬鹿にされた左馬介が鼻白んだ。

「鉄は下手に曲げ伸ばしをすると折れます。折れたら終わりですから、ちゃんと鉄芯の筋目を読める鍛冶職人にさせなければだめなんですよ」

「そうなのか」

左馬介は頭を掻いた。

「……ところで田沼さまのもとへはいつごろいくのだ。間があるならば、眠らせてもらいたい」

徹夜した左馬介があくびをかみ殺した。

「ああ。それは明日になりました。先ほど田沼さまから明日の八つに来るようにとのお使者がお出でになりまして」

「まだ五つになったばかりであろう」

素早い意次の対応に、左馬介が驚いた。

「わたくしが怒鳴りこんでくると、見抜いておられたのでございましょう。怖ろしいお方で」

分銅屋仁左衛門が感嘆した。

「さすがは将軍家の側近になるだけのことはある……か」

「ということで、今日は出かけません。どうぞ、お休みいただいて結構でございますよ」

　寝てもいいと分銅屋仁左衛門が許可した。

「助かる。いつもの座敷をお借りする」

「はい。ああ、そうだ」

　思い出したように分銅屋仁左衛門が手を叩いた。

「お目覚めになったら、諫山先生の長屋へご案内しましょう」

「おおっ。拙者の新居だな」

　左馬介が喜んだ。

　分銅屋に泊まりこんでいるため、長屋がなくても困らない。とはいえ、自前の住居を持たないのは根無し草のようで、落ち着かなかった。

「お約束通り、わたくしどものお仕事をお続けいただいている限り、店賃はいただきません」

「ありがたい」

　分銅屋仁左衛門の言葉に、左馬介は手を合わせた。

「では、お休みを。わたくしも少し眠らせていただきましょう。昼過ぎから見舞いが来ましょうし」

朝から大工が来て表戸を修繕しているのだ。昨夜の騒動と合わせれば、分銅屋が盗賊に襲われたのは明白である。

そこは商売である。近隣と取引先が見舞いにやってくる。

「もっとも見舞いという名の探りですがね」

「探り……」

左馬介は眠いなかにも引っかかった。

「被害のほどを知りたいのですよ、連中は」

分銅屋仁左衛門が吐き捨てた。

「よくわからんのだが」

詳しい説明を左馬介は求めた。

「盗賊に入られたら、金を奪われる。これが通常でございますな」

「ああ」

左馬介はうなずいた。

「どれだけ盗られたか……それで店の未来があるていど見えましょう。万両の財がある店なら千両の被害ならば、さほど問題ではありませんが、二千両たらずしかないところが千両失えば、どうなります」

「商いに差し障るな」

問われた左馬介が答えた。

「差し障るどころか、近々に支払いの予定があれば、資金不足に陥り、潰れるかも知れません。それを探り、場合によってはつきあいを止めて見捨てるか、金を貸し付けて恩を売り、それ以上の見返りを奪い去るか……」

「火事場泥棒より質(たち)が悪いぞ、それは」

分銅屋仁左衛門の説明に、左馬介は嫌な顔をした。

「生き馬の目を抜く江戸の商いはこういったものでございますよ」

「……気のせいかの」

眠気の飛んだ顔で左馬介が分銅屋仁左衛門に話しかけた。

「なにがでございます」

「分銅屋どのは、それを利用しようと考えておられるのではないか。どうも目の光りかたが、尋常ではない気がする」

「かけひきこそ、商いの戦いでございますれば」

分銅屋仁左衛門がにやりと笑った。

もう寝られないかと思った左馬介だったが、座敷で横になるなり眠りに就いた。

「諫山さま、お昼どうなさいます」

熟睡していた左馬介に、襖の外から喜代が問うた。

「……もう、そんな刻限でござるか」

飯に浪人は弱い。喰えるときに喰うという習慣が身につくからだ。

「すでに九つ半（午後一時ごろ）を過ぎましたよ」

「二刻半（約五時間）も寝たとは」

左馬介は驚いた。

「お持ちしましょうか」

「分銅屋どのは」

用心棒として最初に確かめなければならない。左馬介は訊いた。

「とっくに起きられて、今は来客の対応をなさってますよ」

喜代が襖を大きく開けた。

「男臭い」

「昨日は湯屋に行けなかったからな。汗も掻いたし」

命を懸けた冷や汗が左馬介の全身を濡らしていた。

「食事は台所でお摂りください。わたしはお客さまの応対をしなければいけませんから」

上の女中は来客へお茶を出したり、見送りに立ったりしなければならない。

「承知した」

座敷で食べようが、台所で食べようが、飯は飯である。

「では、お願いしました」

喜代が去っていった。

「嫌なものだな」

立ちあがった左馬介は、手に残る骨を砕いた感触を拭おうとこすり合わせた。

「殺さずにすんでよかった……」

左馬介はしみじみと言った。

「武士は人を殺していくらだが、浪人は違う」

禄を得るために戦国の武士は争って敵を殺した。たくさん殺した者が高禄の旗本、大名となっている。

「浪人は人を殺せぬから、武士ではないか」

左馬介は独りごちた。

「殺さねば殺される。いつのまにこんな状況になったのだ」

わずか半月ほどの変転に左馬介は驚いていた。

「どうやって生き延びるか。どうやれば抜けられるか」

仕事をしても死、失っても死。左馬介は苦吟した。

「むう」

うなっている左馬介の腹が鳴った。

「死にかけても、腹は空くか」

左馬介は悩んでいる己がおかしくなった。

「生きている証拠だ」

よしと左馬介は両手で顔を叩いた。

「まずは飯だ。なにもかも腹が満たされてからでいい」

左馬介は問題を棚上げにした。

第四章　地下の戦い

一

お側御用取次の権は大きい。将軍へ目通りを願う者は、それが老中であれ、寺社奉行であれ、お側御用取次の許可を得なければならない。

「上様に言上いたしたいことがある」

老中が政の話を将軍へ報告するのは執政として当然の役目である。

「そのようなお話では、上様にお願いできませぬ」

こういって老中を差し止めることもできた。

「お側御用取次に嫌われては、仕事にならぬ」

老中以下、勘定奉行などがお側御用取次の機嫌を取るようになったのも当然であった。

このなかで目付だけが違っていた。

目付は幕臣の非違監察を任としている。

もとは旗本、御家人だけを対象としていたが、大目付の形骸化とともにその役目を受け継ぎ、ますます力を強くした。

またその任の性格上、老中、若年寄といえども非違監察をすることができる。権力者にしてみれば、目付ほどうるさい者はいない。訴追されれば、経歴に傷がつく。

そうなってはたまったものでない。上役たる力を使ってでも、目付を潰そうとする。あるいは、訴追を受け付けないようにしようとする。

非違監察がその案件を握りつぶされては、意味がなくなる。

そうならないよう、目付には直接将軍目通りの権利が与えられており、お側御用取次といえども遮ることはできなかった。

「上様、よろしゅうございましょうか。お他人払いを」

田沼意次は、九代将軍家重へ密談を願った。

「あうう」

家重がうなるような声を出した。

「許すとの仰せじゃ」

側用人大岡出雲守忠光が通訳した。

幼少のおりに高熱を発した家重は、一時危篤状態に陥るほど悪化した。幸い、奥医師たち懸命の治療で助かったが、言語を発する能力に障害が残った。

なにを言ってもうめき声にしか聞こえなくなった家重の意思を、小姓として幼いころから付き従ってきた大岡出雲守だけが、くみ取れた。

結果、家重が将軍になると大岡出雲守は側用人に出世した。

「かたじけのうございまする」

意次が平伏した。

「なにあ」

「なにごとかとお訊きである」

「先日、お話を申し上げました先代吉宗公のご遺命についてでございまする」

一度姿勢を正して、意次は続けた。

「金のことでございますれば、商人に助言を求めましてございまする」

「か、か……」

「勘定方は使えぬのかと」

「役人はあらたな価値の構築を嫌いまする」

意次は首を横に振った。

「対して商人は、金になるなら新しいことでも手出しいたしまする。よって役人ではなく商人を選びましてございまする」

「う、うむ」

「わかったと仰せでござる」

意次の言葉を家重が認めた。

「かたじけのうございまする」

一度意次は手を突いて礼を述べた。

「本日言上の本題に入らせていただきまする。先日……」

意次は分銅屋が襲われた一件を家重に告げた。

「…………」

家重の目つきが変わった。

「襲い来た者の正体は未だ詳らかではございませぬが、おそらくは幕府の役人だと思われまする」

「た、忠光」

なぜか家重は大岡出雲守忠光の名前だけははっきりと言えた。

「お預かりいたしまする」

大岡出雲守が一礼した。

「主殿頭(とのものかみ)どの、加賀屋とかいう札差の手ではないのか」

「違いましょう。金で雇われた浪人や無頼は命を惜しみまする。金のために他人を殺しても、己は死にたくないのがこやつらでございまする」

質問しているのは大岡出雲守だが、聞いているのは将軍家重である。意次は丁寧な口調を維持した。

「生きていなければ、金も遣えず、酒も呑めず、女も抱けませぬ。無頼にまで落ちた者は、命汚(いのちぎたな)くなりまする」

意次が軽蔑をした。

「しかし、襲撃者で一人生き残った者は、命をまったく惜しみませなんだ。正体を隠すことに終始し、とうとう何一つ白状せず、死を選びましてございまする」

「…………」

壮絶な覚悟に、家重と大岡出雲守が黙った。

「念のため、これらの者どもの身許を庭の者に探らせておりまするが……いつわかるか、あるいはわからないか、予測がつきませぬ。正体が明らかになれば、こちらからいくらでも反撃できまするが、それまではどうしても守勢に回らざるを得ませぬ」

意次が続けた。

「その間に、向こうが攻勢に出てくるやも知れませぬ。襲撃ならば、どうとでもいたしましょう。庭の者を使って、分銅屋を守るくらいはできまする。しかし、力ではなく権で来られたとき、後手に回ることになりましょう」

「権とはなんのことでございまするか」

大岡出雲守が尋ねた。

「町奉行、あるいは勘定奉行による分銅屋への圧力が一つ。いかに万をこえる財を持つ分銅屋といえども、町奉行から店を閉めろと命じられれば従わざるを得ませぬ。また、勘定奉行から両替商の株を返せと言われても終わりまする」

「むうう」

大岡出雲守がうなった。

家重の意思を読み取れるというだけで側用人になった大岡出雲守である。いろいろな部門を渡り歩き、実務を学んできたわけでもない。唯一無二の役割を果たしている大岡出雲守に役人たちが嫌がらせをすることはない。人付き合いの苦労もしていないのだ。

ましてや将軍世継ぎとして西の丸で大切に育てられ、九代将軍となってからも大御所吉宗の庇護を受けた家重は、大岡出雲守をこえる世間知らずである。

大岡出雲守も家重も人の悪意に鈍感であった。

「次に……」

「まだござるのか」

言葉を重ねようとした意次に、大岡出雲守が驚いた。

「こちらが本題でございまする」

意次は大岡出雲守ではなく、家重を見あげた。

「うむ」

首を上下に振って家重が発言の継続を許した。

「敵が目付であったときが問題でございまする。目付には余人を排して、上様へ目通りを願う権が与えられておりまする」

目付のことを意次が語った。

「目付が主殿頭どのを役目にふさわしくないと訴えてきたところで、上様はお認めになりませぬぞ」

「うんうん」

　大岡出雲守が断言し、家重が強く同意を示した。

「出雲守どの、目付には余人を交えずお目通りできるという権がござる。出雲守どのの同席を認めるか認めないかは、目付が決めまする」

「馬鹿な、それでは上様のご意思をどうやって……」

「上様はわたくしの言上にうなずかれましたと目付が言えば、否定できませぬ」

「そのようなもの、すぐに拙者が上様にお伺いして……」

「同時に大岡出雲守にも私曲あり、慎みを命じると目付が貴殿を咎めればどうなさる。上様のご意思は、貴殿にしかわかりませぬ。それは、他人から見れば正しく上様の思いを伝えているかどうか、疑念が残るということ」

「拙者が偽りを申しておると」

　大岡出雲守が激した。

「拙者は出雲守どのを信じておりまするが、貴殿のことを邪魔だと考えておる者は多ございましょう」

「そのような輩はおりませぬ。拙者は側用人以上の立身を求めず、またできませぬ」

大岡出雲守が反論した。

家重の言葉がわかればこその側用人である。もともと大岡出雲守の出はいい。石高こそ三百石と少なかったが、譜代の名門大岡一族であり、家重の小姓に抜擢されるほどの家柄であった。

小姓は若い将軍世継ぎの幼なじみであり、初めて持つ家臣である。譜代でも忠義に厚い家柄でなければ選ばれなかった。

将軍世継ぎとともに成長し、やがて将軍となったあかつきには、その治世を支える側近となる。

幸福だったのか、不幸だったのか。長く側近くにいたおかげからか、大岡出雲守は言語不明瞭になった家重の意思を読み取れた。

この能力が大岡出雲守を側用人に引き上げ、そこで留めた。

将軍一代の寵臣は、他人にまねのできない出世をし、最後は執政になる。三代将軍家光における松平伊豆守信綱、堀田加賀守正盛、五代将軍綱吉における柳沢美濃守吉保らがそのいい例である。

所領も数百石から数万石へ、十万石をこえる加増もある。

これが寵臣であった。

だが、大岡出雲守はこれに当てはまらなかった。大岡出雲守を老中にしてしまえば、家重の側からその意思を読み取れる者がいなくなる。なにかあるたびに、いちいちご用部屋の大岡出雲守を呼びつけるわけにはいかない。そんなことをすれば、政が停滞してしまう。

大岡出雲守は側用人以上の出世を封じられた寵臣であった。

「上様のお言葉がわからぬほうが都合よい者はいくらでもおりましょう。失礼と承知で申しあげまするが、出雲守どのをお側から外してしまえば、上様はなにもできない人形、傀儡(くぐつ)でございまする。それを利用して、政や人事をやりたい放題にする」

「…………」

意次の発言に、大岡出雲守は無礼なと咎めることもできず、呆然としていた。

「で、では、目付が目通りを願ってきたときはどうすれば……」

家重と二人でぬるま湯に浸っていた大岡出雲守が困惑した。

「ただちに上様のお名前で布告をお出しくださいますよう。大岡出雲守の同席ならぬ場での目通りは誰であろうとも許さぬと」

「それで通りましょうや。目付の権は代々の将軍家がお認めになっておられたもの。それをないがしろには……」

「できまする。ご当代は上様でございまする。上様のご希望がすべてに優先する。これが出てしまえば、目付が苦情を申し立てても、どうということはございませぬ」

　じっと己を見ている家重へ意次は話しかけた。

「申してきたならば、上様のお気持ちに逆らうという罪ができまする。その場で目付を罷免してやればよろしゅうございましょう。老中でも同じ。老中になりたい者、目付に就任したい者はいくらでもおりまする。上様のお気に染まぬ者を使われずともよろしゅうございまする」

「わ、わ……」

　承知したとわかるほど、大きく家重が首を縦に振った。

「忠光」

「ただちに」

　大岡出雲守が、家重の命を受けてお休息の間を出て行った。

「ご、ごよっ」

「御用部屋へ行かせたのでございますな」

「うん」

　子供のように家重が首肯した。

「先代さまの御遺言、なんとしても果たしまする」

「た、の」

「しかと引き受けましてございまする」

わずかな間に、意次は家重の癖を読み取っていた。

「帰りましてございまする」

離れていた大岡出雲守が戻ってきた。

「反対されましたか」

「はい。しかし、上様のご命であると突き通しましたが、確認をいたしたいと老中松平右近将監(うこんのじょう)どのが目通りを願っておりまする」

結果を訊いた意次に、大岡出雲守が苦い顔をした。

「ちょうどよろしいでしょう。わたくしがお迎えいたしまする」

意次はお側御用取次の任に戻ると告げた。

「上様、急なお目通りをお許しいただき、かたじけなく存じあげまする」

入ってきた松平右近将監が頭をさげた。

「よ、よい」

これくらいは言える。家重が手を振って気にするなと応じた。

「ただいま上様の上意として、出雲守が御用部屋へ参りました。上様にはおまちがえございませぬか」

「な、ない」

家重が吾が意思だと述べた。

「念のため、確認をさせていただきまする。今より先、誰の求めであろうが、大岡出雲守の同席なきお目通りは許さぬ。これでよろしゅうございましょうや」

「うむ」

はっきりと家重が首を上下にした。

「…………」

松平右近将監が沈思した。

「上様は諸否の判断をお下しにはなられるが……」

家重の動きを松平右近将監は見ている。

「ゆえに大岡出雲守なしでもよいとはいかぬか。上様がご質問なされても、我らではわからぬ」

松平右近将監が家重一人のおりに出る問題点を口にした。

「出雲守」

厳しい目で松平右近将監が大岡出雲守をにらんだ。

「政の秘事、同席するとなれば嫌でも見聞きすることになる。それを決して外に漏らさぬと誓えるか。たとえ親兄弟妻子供といえども、お休息の間であったことを話してはならぬ」

松平右近将監が大岡出雲守へ迫った。

「承知をいたしております る」

執政の迫力にも大岡出雲守は負けなかった。

「わたくしはただ、上様のお役に立てればよろしゅうございまする」

「よかろう。上様、ただいまより、布告をいたしまする」

松平右近将監が認めた。

「では、急ぎ奥右筆に書類を作らせますゆえ」

家重へ腰を折って松平右近将監がお休息の間を出て行った。

二

加賀屋は分銅屋仁左衛門を処分するため、第二の手を打った。

「田野里さま。お借りいただいている金子の利払いが二節季分遅れておりますが」

「わかっておる。しばし待て。今、親戚筋を頼ってお役に就かせていただくようお願いをしておる。役目に就けば役料が入る。さすれば返す」

責められた田野里が言いわけをした。

「お役でございますか。それはそれは。で、何役を望まれておられますので」

にこやかな表情で加賀屋が尋ねた。

「我が田野里は一千二百石であるからの。遠国奉行あたりがふさわしいと思うてな。長崎奉行に推薦してくれるよう組頭さまへお願いしてある」

「ほう、長崎奉行さまでございまするか」

加賀屋が驚いた。

「長崎奉行はなかなかに余得が多いと聞く。どうじゃ。儂が長崎奉行になるまで待ってくれるであろう」

田野里が述べた。

「笑わせていただいては困りますよ。田野里さま。長崎奉行は定員二人。何千とおられる旗本のなかから二人しか選ばれませぬ」

札差をしているのだ。加賀屋は幕府の制度にも通じていた。

「なに三河以来の田野里だぞ。甲州譜代や駿河譜代とは格が違う。徳川家がまだ三河の大名でしかなかったときからお仕えし、天下人へと押し上げた三河譜代ぞ。その辺の者どもと一緒にされては困る」

田野里が胸を張った。

甲州譜代は武田遺臣、駿河譜代は今川遺臣のなかで徳川へ召し抱えられた者のことを指す。三河譜代にしてみれば、これらは外様大名と同じで、徳川の威勢が強くなってからすり寄ってきた日和見連中でしかなかった。

「いつでございますかな。長崎奉行になられるのは」

「近いうちじゃ」

「待てませぬ。こちらはお金を貸しておるのでございまする。お借りいただくときに、期日と利息のお話はいたしました。ご納得くださったはずでございまする」

「わかっておる。返さぬとは言わぬ。待てとだけ、儂が長崎奉行になるまで待てと申しておるのだ」

「お約束を守っていただけぬならば、いたしかたございませぬな」

加賀屋が声音を変えた。

「な、なんだ」

雰囲気の変わった加賀屋に田野里が怯えた。

「御領地まで取り立てにいかせていただきましょう」

「………」

告げた加賀屋に田野里が言葉を失った。

旗本には二つあった。一つは浅草の米蔵から禄である米を現物支給される蔵米取りと、何石の米が取れると検地された領地を与えられている知行所持ちである。

一所懸命という言葉があるように、武士は土地に固執するものである。当然、知行所持ちは禄米取りよりも格上になる。

田野里は知行所持ちであった。

知行所持ちは、領地から差し出される年貢を収入にしている。毎年秋、定められた年貢を屋敷まで百姓が納めに来る。それを売って田野里は生活をしている。

もちろん領地が遠ければ、年貢米を運んでなどいられない。それこそ九州に領地を与えられている旗本など、何代も知行所まで行ったことがない。こういった場合は、代官所などで集められ、米相場の立つ大坂などへ年貢米が送られる。そこで換金されたものが江戸の旗本へ渡された。

関八州に知行所を持つ田野里だからこそ、年貢を毎年目にできる。その米を加賀屋が扱っていた。

その知行所まで借財の取り立てに行くと加賀屋は宣した。これは旗本にとって大いなる恥であった。

知行所と領主の関係は独特のものがあり、百姓たちも殿さまのためならと多少の無理は聞いてくれる。

「娘の輿入れで金が要る」

「火事で屋敷が焼けた。再建の費用を融通してくれぬか」

領主たる旗本からの願いは、よほどでない限り断られない。しかし、知行所にも限界はある。

「これ以上は無理でございまする」

知行所が首を横に振る。

そうなると金を要求はできなかった。知行所を怒らせると評定所に駆けこまれるからだ。

「気を付けよ」

大概の場合、百姓の訴えは取りあげられず、旗本に注意だけして終わる。ここで金をあきらめればいいが、それ以上要求すると筵旗をあげられた。

一揆は旗本としての終焉の狼煙である。

「領主を替える」

こうなれば幕府の対応は早い。一揆の拡がりは避けたいのだ。近隣に飛び火すれば、大事になる。こうして旗本は知行所を取りあげられ、よくて蔵米取りへ降格、下手すれば改易になった。

そもそも札差に金を借りるのは、すでに知行所からは貸してもらえなくなったからであった。知行所からの借財には利子が付かない。さすがに領主から儲けを取るわけにはいかないからだ。対して札差は利子を取る。それが商売だからである。

領主の恥は知行所の恥。

加賀屋が知行所の庄屋へ話を持ちこめば、借金の代替わりはしてくれる。ただ、それだけでは終わらなかった。

「内証をお預かりいたしまする」

庄屋から人が出て、田野里家の内政を奪う。

「殿さまには、一年これだけ、奥さま、お姫さまのご衣装につきましては向こう三年の間、ご辛抱いただきまする。若さまのお稽古ごとは剣術と素読のみでお願いいたしまする」

かなり厳しい制限を課す。それに対し田野里は逆らえない。なにせ、金は直接知行所から内政を預かる者に渡されるのだ。

「我が家の金じゃ。寄こせ」

などと言おうものならば、内政を預かる者までいなくなる。そして知行所から金も送られてこなくなる。

「お貸ししたぶんがなくなるまで、年貢はこちらでいただきまする」

そうなれば田野里家には、食い扶持(ぶち)の米さえなくなる。

なんとしても避けねばならぬ事態であった。

「では、これにて」

「ま、待て。そのようなまねは許さぬ」

田野里が加賀屋を押さえようとした。

「許さぬと仰せでございますか。わたくしは無理難題を申してはおりませぬ。貸した金の期日が来たので返済を求めているだけ。それを叶(かな)うかどうかさえわからない夢物語でごまかそうとされるそちらさまこそ無体でございましょう」

「夢ではないわ。名門田野里が望んだのだぞ。神君家康公とともに戦陣で汗を流し、多くの一族を死なせてきた功績ある田野里の当主が、役に就きたいと願ったのだ。御上はきっと応えてくださる」

「はん」

加賀屋が鼻先で笑った。

「きさま、笑ったな。無礼であろう」

旗本の矜持は高い。商人に嘲られて我慢できるはずはなかった。

「笑いましたが、なにか。長崎奉行、けっこうでございますな。ところでご存じでございますか。長崎奉行に推薦してもらうためには金を要路に渡さねばならぬことを」

「……知っておる。ちゃんと組頭さまに払った」

加賀屋に言われた田野里が答えた。

「組頭さまというのは、小普請組頭さまのことで」

「そうだ」

田野里が首肯した。

小普請組は無役の旗本たちを一つにまとめたもので、一応江戸城の壁の剝がれ、手すりの破損など細かい修理を担当する。言わずもがなだが、旗本に金槌や金鏝が遣えるはずはなく、結局は職人を雇って作業をさせる。小普請組はその職人の費用を負担するのが実際の役目である。

金を払わなければならない役目、本末転倒のさいたるものといえる。ゆえに小普請組へ入れられることは一種の懲罰と考えられていた。

そして小普請組から脱出するには、誰かに引きあげてもらうか、組頭に頼んで推薦状を書いてもらうしかない。だが、どちらも金が要った。

「おいくらお渡しに」

「十両だ。ああ、わかっているぞ。うまくいけば後でもう十両お渡しするとお話ししてある」

訊いた加賀屋に田野里が告げた。

「話になりませんね」

加賀屋があきれた。

「長崎奉行さまは一度務めれば、孫の代まで贅沢ができると言われるほど余得が多いことで知られております。当然、なりたいお方は多く、推薦を受けるのにかかる費用は高騰」

「いかほどだというのだ。五十両か、まさか百両か」

田野里が不安そうな顔をした。一千二百石の田野里家の収入は四公六民として四百八十石、精米の目減りや輸送費などを引かれ、手取りは四百三十両ほどである。そこから家臣の給与を払わねばならない。

軍役などとうに崩れているが、一千二百石の体裁を整えるには士分五人、足軽十人、小者五人、女中三人は要る。ざっと人件費だけで百五十両ほど、さらに騎乗身分であるため馬を一頭飼わなければならない。馬の飼い葉は高いし、専門の厩番も雇わなければならない。いろいろ合わせて、二百両以上はかかる。

他に家臣たちの食料となる扶持米も当主の責任であるし、跡継ぎの教育費などもある。田野里家に余裕はない。

「一千五百両でございますよ」

「ば、馬鹿な……」

田野里が絶句した。

「まあ、一千五百両かかっても、一年でもとが取れるどころか、まだ余るそうでございますがね」

「一年目で一千五百両以上儲かる……」

「五年もやれば一万両近い余得でございますよ」

「………」

田野里の顔色が変わった。

「一千五百両、工面なさいますか。わたくしはお貸ししませんよ。一千五百両遣ってもかならず長崎奉行になれるわけでもありませんし」

「なぜだ」

一千五百両出さなければ長崎奉行になれないと言われたばかりである。田野里が詰問する勢いで加賀屋に迫った。

「何人が長崎奉行を望んでおられると。そのお方たち皆様が一千五百両用意なさいますよ」

「むう」

「それに長崎奉行は初役ではございますまい」

初役とは、無役の者が最初に就ける役目のことである。

「目付、他の遠国奉行、勘定頭などを経験なさったお方が長崎奉行に転じるのが普通。小普請からはありえませぬ」

「組頭さまは、にこやかにお受け取りくださったのだぞ。努力するともおっしゃってくださった」

「努力はなさるでしょうねえ。努力はかならず報いられるものではございませんよ。どれほど蛙（かわず）が跳ねても、空は飛べません」

加賀屋が冷酷に無駄だと断じた。

「では、あの金は……」

「死に金でございますなあ」

呆然とする田野里を加賀屋が追い打った。

「今から返してもらいに」

「行けるわけございませんでしょう。そのようなまねしてご覧なさい。組頭さまに睨まれて、二度と浮き上がれませんよ」

「だが、あの金は。無理算段して出した金だ」

「そのまま置いていてくださったら、借財の利子くらいにはなりましたのに」

「ううううう」

止めに近い加賀屋の言葉を受けて、田野里が崩れた。

「さて、田野里さま。現状をご理解いただいたようなので、お商売の話をいたしましょうか」

「……商売」

田野里が怪訝な顔をした。

「たしか田野里さまのご家中に剣術の名人がおられましたな」

「名人といえるほどではないが、家士の井田が一刀流の目録を持っていたはずだ」

問われた田野里が答えた。

流派によって違いはあるが、目録は免許の一つ下でかなりの経験か、優れた天性を持っていなければなかなかもらえない。

「ちょうどよろしゅうございます。他には」

「井田以外は、さほど熱心に武芸を学んでおらぬはずだ。それがどうした」

田野里が質問した。

「一人片付けていただきたい商人がおりまして」

「な、なにを申しておる、そなたは。我が家中に刺客をさせる気か」

言われた田野里が驚愕した。

「代金はお支払いいたしますとも。溜まっている利子の棒引きと、別に十両。今回の損失を補塡（ほてん）できますよ」

「金の問題ではない。旗本にそのような話を……」

「では、知行所へ」

一度下ろした腰をふたたび加賀屋があげた。

「…………」

田野里が苦い顔で沈黙した。

「おわかりですか。金のないのは首のないのと同じ。金がなければ米も買えませぬ。家臣も雇えませぬ。人を抱えている者には、禄や給金を支払う義務がございまする。なにをしてでも金を稼ぎ、家族を養ってこそ一人前でございましょう」

「しかしだな……」

「やむを得ませんね。もう一つおまけをつけましょう」

加賀屋が決断できない田野里にため息を吐いた。

「長崎奉行は無理ですが、初役にふさわしいお役目に就けるよう、手を回しましょう」

「まことか」

田野里の目つきが変わった。

「ご老中さまとも親しくお話をさせていただいておりまする。お旗本お一人くらいはどうにでもできまする」

「た、頼む」

無役の旗本は哀れである。周りから役目に就けない無能として見られ、親戚からも冷たくあしらわれる。なにより、役目に就けば役料あるいは足高を受けられる。収入がかなり違ってくる。

　田野里が落ちたのも無理のないことであった。

「では、家士さまの説得はお願いいたしまする。家士さまが納得なさったならば、わたくしどもの店までお運びくださいますよう。家士さまだけでよろしゅうございます。ただし、三日経ってもお越しなければ、お話はなかったことに。他へ持って行きますので」

　淡々と期限を加賀屋が切った。

「わかっておる。まちがいなく三日以内に向かわせる。井田という三十歳すぎの男だ」

「はい。では、お待ちいたしておりまする」

　約束すると言った田野里にうなずいた加賀屋が辞した。

　両替屋に客はそうそう来ない。庶民が小判を銭に替えることなど滅多にない。なにせ小判を見ることさえない。

「邪魔をするぜ」

　暖簾を頭であげて、黒羽織の武家が小者を連れて分銅屋に入ってきた。

「いらっしゃいませ。これは北町の野島さま。ようこそお見えでございまする。今すぐ、主を呼んで参りますれば、しばしお待ちを」

番頭がていねいに応対した。

「悪いの」

北町奉行所定町廻り同心の野島が上がり框に腰を下ろした。

「煙草盆を貸してくんねい」

懐から煙管を野島が出した。

「へい」

手代がすぐに煙草盆を差し出した。

「ひとつけもらうぜ」

野島は遠慮なく、煙草盆に付けられてきた煙草を煙管に詰めた。

「おはようございまする」

一服吸い終わったところで、分銅屋仁左衛門が小腰を屈めて近づいた。

「おう。朝早くから悪いな。もう一服もらうぜ」

吸い終わった煙草を灰入れに捨てて、野島が新しい煙草を要求した。

「よろしければ、少しお持ちになりますか」

「いいのかい。じゃあ、遠慮なく」

懐から野島が煙草入れを出した。

「一杯に頼むぜ」

「はい」

笑いながら分銅屋仁左衛門が煙草を煙草入れへ詰めた。

「すまねえな」

はち切れそうになった煙草入れをうれしそうに野島が受け取った。

「さてとだ」

野島が笑いを消した。

「悪い話をしなきゃいけねえ」

「と言われますと……」

分銅屋仁左衛門が促した。

「出ていた願いだがな。できなくなったわ」

すっと野島が目をそらした。

「怪しげな連中が当家を見張っておりますのに、巡回さえも」

「ああ」

確かめた分銅屋仁左衛門に、野島がうなずいた。

「なぜでございまする」

「わかっているくせに訊くなよ。上からの指図に決まってるだろうが」

問うた分銅屋仁左衛門を野島が軽く睨んだ。

「なるほど……」

分銅屋仁左衛門はすぐに理解した。

「悪いな。上には逆らえねえからな」

野島が天を指さした。

「承知いたしました」

「わかってくれたかい。助かるぜ」

認めた分銅屋仁左衛門に野島が喜んだ。

「じゃな」

手をあげて野島が別れを告げようとした。

「はい。長らくのおつきあいありがとうございました」

「……なんだと」

分銅屋仁左衛門の挨拶に、野島が足を止めた。

「本日をもちまして、分銅屋は北町奉行所さまとのおつきあいを辞めさせていただきまする」

「出入りを辞めるというのか」

野島の顔色が変わった。

「はい」

はっきりと分銅屋仁左衛門が首を縦に振った。

「わかっておるのか。出入りを辞めれば、もう北町は分銅屋のために動かぬぞ。無頼が打ちこんでこようが、助けには来ぬ。店の者が不始末をしでかしても、なかったことにはしてやらぬ。分銅屋の暖簾に傷が付いてもよいのだな」

「守っていただけぬのにお金を払う意味はございません。無駄金は商人のもっとも嫌がるところ」

脅す野島へ分銅屋仁左衛門が返した。

出入りとは大名、旗本、商家などで町奉行所へ金を払っている者のことをいった。町奉行所へ節季ごとに一定の金を届け、その代わりなにかあったときに力を貸してもらう。

商家でも武家でも、悪評をなによりも怖がる。では、悪評に繋がる最たるものはなにかといえば、多くは奉公人の醜聞であった。店の品を横流しした、店の金を盗んで逃げた、国元から参勤で出てきた勤番侍が、遊女屋で刀を振り回したなど、物見高い江戸にとって格好の話題になる。

「あの店の番頭、店の金で妾を囲い、ばれたら逃げたそうだぞ」

「奉公人のしつけもできない店で売っているものなんぞ、信用できねえな」

商家はこう言われ、悪評の立った店から客が消える。

「何々家の家臣が吉原で虜籠もり騒ぎを起こしたらしい」

「田舎者は、江戸に出てくると浮かれて困る。家臣たちを取り締まれぬような者に、幕府のお役は勤められぬ」

武家では出世に響く。

そうなっては困るので、商家は逃げた奉公人を大っぴらに追いかけられない。大名家でも庶民の口に戸は立てられない。

こんなとき、出入りになっていれば町奉行所が動いてくれた。

「番頭の行方は見つけ出す。あとは、無宿者として牢に入れてしまえばすむ」

「吉原にはお家の名前が出ぬように釘を刺しておきました。あの者は浪人として扱われまする」

町奉行所が後始末を引き受けてくれる。

暖簾や家名を守るために出入りの金は必須のものであった。

「北町を敵に回すことになるぜ」

最初の脅しに屈しなかった分銅屋仁左衛門へ、野島がさらに迫った。

「笑わせないでいただきましょう。なにもしてくれない相手に、これからも金だけ渡せでございますか。それならばまだ地回りのほうがましでございまする。あいつらは金をもらうのに必死でございますからね。払っただけのことはしてくれまする」

分銅屋仁左衛門が鼻先で笑った。

野島が必死になるには理由があった。

町方はその職務から不浄職とされ、代々世襲してきた。

世襲は、次代の不安がないかわりに、出世もなかった。町奉行所の与力は、どれだけ下手人を捕まえようが永遠に与力のままなのだ。敏腕だからといって、与力から町奉行へ栄転することは絶対にない。

同心も同じであった。どれだけ手柄を立てても、同心は同心。与力へあがることはない。

出世がないとなれば、せめて贅沢だけはしたい。他人よりいいものを身につけ、うまいものを喰う。

だが、町方の禄は低い。武士は戦場で敵を倒して首を獲るのが本分である。町方が何人の盗賊を捕まえようとも、それは戦場首一つにも及ばない。当然、禄も少なかった。

与力で二百石、同心は三十俵二人扶持が基本である。筆頭与力や筆頭同心に出世すると二百石が二百十石になったり、三十俵二人扶持が三人扶持に増えるが、どちらも雀の涙である。

二百石で年収は八十両を割り、三十俵二人扶持は十二両くらいしかない。贅沢どころかその日の暮らしもしかねる。

それを補うのが出入りであった。

出入りの武家や商家が支払った金をまとめて、町奉行を除く与力、同心、小者で分けるのだ。もちろん、身分や格で上下はあるが、これが大きなものであった。

大名だけで三百ほど、出入りを気にするほどの高禄旗本を合わせて一千家、そこに商家が加わる。出入りは数千軒からの規模になる。一軒が一両としても二千両や三千両が節季ごとに町奉行所へ集まる。町方は南北合わせて与力五十騎、同心百二十人しかいない。単純に割っても節季ごとに二十両近い金がもらえる。

同心にいたっては年禄よりも多い。野島が焦るのも無理はなかった。

「きさま……」

野島が分銅屋仁左衛門を睨みつけた。

「わたくしに当たるのはまちがいでございましょう。わたくしは出入りとして当たり前の要望を出しただけでございまする」

「うっ……」

淡々と言い返された野島が詰まった。

「出入りは金を払い、町方はその店を守る。いわば用心棒代でございまする。その用心棒が、敵が来たときに尻尾を巻いて逃げた。そのくせに、後日店へ来て日当を要求する。それと同じことをなさった。そんなもの払うわけございません」

分銅屋仁左衛門が冷たく言い切った。

「どうぞ、お帰りを」

慇懃に分銅屋仁左衛門が腰を折った。

「このままですむと思うな」

捨てぜりふを吐いて野島が出ていった。

三

「無頼と同じでございますな」

北町奉行所の対応に分銅屋仁左衛門があきれた。

「旦那さま、よろしかったので」

番頭が顔色をなくしていた。

「大丈夫だよ。ちょっと出てくる」

「では、諌山先生を」

供をさせようと番頭が左馬介を呼ぼうとした。

「いや、先生は残ってもらっておくれ。北町を蹴飛ばしたところだ、なにがあるかわからぬからね」

店こそ大事だと分銅屋仁左衛門が言った。

「では、太吉か助五郎を供に」

「要らないよ。こんな昼日中から他人を襲うような馬鹿はいないよ」

奉公人を連れていってくれという番頭に分銅屋仁左衛門が手を振った。

「どちらに」

「南町奉行所へ行って来る。あらたな出入り先を作らなければね」

「ああ。なるほど」

「後を頼みました」

手を打った番頭を残し、分銅屋仁左衛門が店を出た。

北町奉行所が常盤橋御門内にあるように、南町奉行所は呉服橋御門内にあった。

今月南町奉行所は非番である。表門は閉ざされている。ただ、先月の月番のおりに処理しきれなかった案件へ対応しなければならないため、潜戸は開かれていた。

また、町奉行所という民政役所という性格から、南北で担当を分けている業種も有り、それにかんする訴訟などは、月番、非番の関係なく受け付けていた。

「ごめんをくださいませ」

南町奉行所の潜戸前で分銅屋仁左衛門は声をかけた。

「なんじゃ。呉服、木綿、薬種にかかわる訴訟ならば、正面を入って左で受け付けておる」

門番小者が面倒くさそうに応じた。

「浅草門前西町の両替屋分銅屋でございまする。筆頭与力さまにお目通りをお願いに参りました」

「ふ、分銅屋さんか。ちょっと待ってくれ。筆頭さまにお伺いしてくる」

門番小者が慌てた。

「……待たせた。まっすぐ玄関へ向かってくれ。筆頭さまがお見えになる」

少しして門番小者が戻って来た。

「では、ごめんくださいませ」

分銅屋仁左衛門が潜戸を潜った。

「お手数をお掛けいたしました」

潜戸のなかにいた門番小者に分銅屋仁左衛門が頭をさげた。

「これを……」

待っている間に用意していた小粒金を分銅屋仁左衛門は門番小者の右手に握らせた。

「いや、こんなに……」

裸で握らされれば、それが小粒金でどのていどの大きさかわかる。

門番小者が、目を剝いた。

町奉行所は南北で建てかたが微妙に違う。これは度重なる移転、増加、減少による
屋敷替えのせいであった。

そもそも町奉行は当初一つであった。が、家康が天下人となり、江戸の城下が拡がるにつれて手不足になり、南北の二つに増えた。さらに元禄期には中町奉行所を新設、三奉行制になったが、三つになったことで職分、月番の交代が繁雑になりかえって事務が混乱、中町奉行所は二人の町奉行と十七年の歴史を数えただけで廃止となった。

「分銅屋でございまする」

玄関に着いた分銅屋仁左衛門が名を告げた。

「……しばし待て」

内から返答がし、玄関から見える廊下を壮年の与力が歩いてきた。

「南町の年番方筆頭与力の清水源次郎である」

「浅草門前西両替屋分銅屋仁左衛門でございまする。本日は、ご多用のところお時間をいただきまして、申しわけございませぬ」

「かまわぬ。分銅屋ほどの者が不意に来るなど、よほどのことであろう」

庶民と触れあうのが仕事の町方である。融通がきかねば務まるものではなかった。

「で、何用じゃ」

清水が先を促した。

「南町さまに出入りをさせていただきたく、お願いにあがりましてございまする」

分銅屋仁左衛門が用件を述べた。

「出入り、そなたの店は代々北町ではなかったか」

聞いた清水が首をかしげた。

名門武家、豪商の出入りが南北どちらの奉行所に向けられているかは、周知の事実であった。なにせ出入り先は変動する。武家は内証の逼迫から出入り金を出せなくなりつつあり、商家は栄枯盛衰を避けられない。

店が左前になったり潰れたりしたら、町方への上納金に近い出入り金など払えなくなる。

出入りが一軒減れば、その補塡をしなければ収入に影響が出る。南北両奉行所は、鵜の目鷹の目で新しい獲物を探している。が、相手方の出入りに手出しをするのは御法度である。当然、豪商がどちらに属しているかは調べてあった。

「じつは……」

分銅屋仁左衛門が事情を話した。

「出入り先の助けを断った……」

清水が難しい顔をした。

「思いあたることはないか」

疑問を清水が持つのは当たり前であった。

「おそらくはでございますが……」

子細は隠して、加賀屋が傘下に入れと言ってきたのを断ったと分銅屋仁左衛門は告げた。

「いきなり加賀屋が……それまでつきあいはなかったのだろう」

「一度もお目にかかったことさえございません」

怪訝な顔をした清水へ、分銅屋仁左衛門が答えた。

「江戸でも有数の両替屋を支配するのは大きな利を生みだそうが……反発も強い。それに気づかぬ加賀屋でもあるまいに」

清水が腕を組んだ。

「……分銅屋。せっかくの申し出だが、北町の顔もある……」

出入りは引き受けられないと清水が言いかけた。

「清水さま」

目上の発言を分銅屋仁左衛門が遮った。

「むっ」

清水の顔がしかめられた。

「出入りを南町へと動かすのは、町方のみなさまへの気遣いでございますが」

「なんだと」

そっちのためだと言う分銅屋仁左衛門に、清水が不快だと声を荒らげた。

「何十年と出入りのお金を払い続け、初めて手助けを頼んだものを、加賀屋の圧力に負けて切り捨てた。こう評判になれば、どうなりましょうか」

「……………」

黙った清水を見ながら分銅屋仁左衛門が続けた。

「町奉行所への出入りは一気に減りましょう。商人は金を死なせる気はございません。いざというときの命綱だと思えばこそ、一文の儲けも生まない金を払い続けて参りました。その命綱がすがった途端に切れた。出入りでなくなれば、わたくしは町方の方々へ配慮する意味はなくなりまする。あちこちで話をさせていただきますよ」

「それは……」

分銅屋仁左衛門の脅しに、清水が顔色をなくした。

「北町から南町への移動、そうそうあることではございませんでしょうが、そのあたりの言いわけくらいいくらでもできましょう。南町のどなたかとわたくしが親しくなったので移したで世間は納得してくれます」

「…………」

清水が目を閉じて思案した。

「町方を敵に回す覚悟はあると。両替商の内情査察を繰り返してもよいのだぞ」

目を開いた清水が、商売の邪魔をすると言った。

両替商の株は勘定奉行の管轄で町奉行所は手出しできない。しかし、分銅屋で両替してもらったら、定めよりも少なかったとか、良貨ではなく、悪貨で支払われたとかの訴えがあったときは、町奉行所が調べに入れた。

「どうぞ。毎日でもお出でください」

「むっ」

平然とする分銅屋仁左衛門に清水が詰まった。

「念のために申し添えますが、当家は大名貸しもおこなっておりまする」

「…………」

言われた清水が三度黙った。

大名貸しとはその名のとおり、大名に金を貸しているということだ。金は借りた方が弱い。分銅屋仁左衛門が利子の軽減などを餌に、役付の大名に町奉行所の横暴を訴え出れば、目付が動く。

目付は厳格で融通などきかない。法に添わないものはすべてを悪として咎めだてる。町奉行所の出入りなど、どう考えても法にはない。形を変えた賄賂と判断されるのは明白であった。そうなれば出入りを止めなければならなくなる。

贅沢な日々の根源を失う。その恐怖に町方役人が耐えられるはずはなかった。

「……わかった。出入りを受け入れよう」

清水が肩を落とした。

「早速ではございますが、これを」

懐から分銅屋仁左衛門は二十五両の金包みを二つ取り出した。

「今季のぶんでございまする。ああ、出入り金は北町のときと同じく節季ごとに十両、四節季分ですので、今年一年だとお考えいただきたく」

分銅屋仁左衛門が説明した。

「それでは十両多いぞ」

合わないと清水が分銅屋仁左衛門を見た。

「十両は清水さまへのご挨拶代わりだとお考えくださいませ」

「……そうか。遠慮なくいただこう」

一瞬ためらった清水だったが、金を受け取った。

「北町への連絡はお願いいたしまする」

今さら、分銅屋仁左衛門が北町奉行所へ行く意味はないし、来られても困るだろう。

分銅屋仁左衛門は北町との絶縁を告げた。

「わかった。こちらから通告したほうが、角が立つまい」

清水がうなずいた。

「では、よろしくお願いをいたしまする」

分銅屋仁左衛門は、清水に一礼した。

呉服橋御門を出た分銅屋仁左衛門は、店へ向かって歩きながら独りごちた。

「誰に手出しをしたか、思い知らせてやりましょう。帰ったならば、諫山先生とともに、金を返さないで知らない顔をしている勘定吟味役さまを突つかせてもらいましょうか」

分銅屋仁左衛門が口の端をゆがめた。

四

目付部屋は家重から出された新しい布告にざわついていた。

「当番目付どのよ、どういうことぞ。これでは、我らが御上より与えられている直接目通りの権が形だけのものになる」

目付が集まって当番目付に迫った。

「わかっておるが、これは上様のご意思だそうだ」

当番目付が手を上下にして、目付たちを落ち着かせようとした。

「どうやって確かめたというのだ。誰も上様のご意思を理解できぬというではないか」

目付の一人が反論した。

直接将軍に目通りできる目付とはいえ、その権を行使することはまずない。老中や若年寄、御三家などを訴追でもしないかぎり、目付は将軍を頼らない。そのあたりの大名、役人ならば、目付の権威だけで恐れ入らせることができた。

もちろん、目付も家重の顔を見ている。将軍宣下をはじめとする行事、通常の大広間や書院を使っての目通りの立ち会いも目付の任である。

しかし、直接目付が目通りをすることはない。目付は若年寄の配下である。その役目は重く、大きな権力を持つとはいえ、たかが千石の役高格なのだ。任じられるときも、若年寄から白書院に呼び出されるだけで将軍と直接やりとりはしない。

それでも大広間における行事などで、家重が一言も発しないのは見ている。通常、大名を集めての月次登城でも、集まった一同へ将軍は一言ねぎらいの言葉をかける。

「大儀である」

他にも帰国する大名などのお暇願い(いとまねが)の儀式では、

「念を入れて帰るよう」

などと旅の無事をはかるようにとの声をかける。

しかし、家重はいつも無言でいた。将軍の言葉はすべて決められている。極端な話、五歳の子供でもできる。側用人の大岡出雲守でも代行はできる。

これらの場を目付は何度も見てきていた。

「とても上様のお考えとは思えぬ」

目付が不審に思うのも無理はなかった。

「儂に言うな。ご老中松平右近将監さまがご確認なされたそうだ」

当番目付が告げた。

目付は目付さえも監察する。その性格上組頭という統括者は不要である。目付は先任、新参の差なく同格を旨としていた。ただ、目付になにかを求めたい、あるいは通告したい者からすれば、誰に言えばいいかわからない。

「拙者は聞いておらぬ」

適当に目付の一人を捕まえて話をしても、全員に伝わるという保証はない。その不便を解消するため、月交代で当番目付を選任した。つまり、当番目付は全体を統括する組頭ではなく、雑用係であった。

当番目付の間は、本来の目付としての役目を犠牲にしなければならない。当番目付は一人ではないが、いつ誰から連絡を受けるかわからないだけに、目付部屋から離れるわけにはいかない。

目付は旗本の俊英と言われている。旗本のなかでできる者、そのなかからさらに選ばれた精鋭こそ目付という自負がある。

手柄を立てて当然とされ、本人たちも思っている。

目付にとって当番は面倒以外のなにものでもない。その厄ともいうべき当番目付の役目で、同僚から責め立てられては割に合わなかった。

「右近将監さまがか」

老中の名前が出たとたん、一同の勢いが落ちた。

「むうう」

将軍以外ならば、大奥女中でさえ咎められる目付とはいえ、老中は別であった。表向きは老中の非違も監察できるとなっているが、権力者に逆らうのは得策ではない。目付の間はいいが、手柄を立てて目付から遠国奉行などへ転じてしまえば、そのあたりの木っ端役人でしかなくなるのだ。老中へ牙剝いた過去を持つ役人を、なにもなく過ごさせるはずはない。たとえそれが政敵を葬り去ってくれたとしても、老中という役目に手出しをしたには違いないのだ。いつその牙が己に向けられるかわからない。なにより、目付が老中を罷免したという前例を残すのはまずい。幕府は前例があれば、それに従う組織である。

「老中でさえ目付には気を遣う」

などとなっては執政の権威が揺らいでしまう。

そこで執政たちは気に入らぬ目付を出世させるのだ。目付でさえなくなれば、老中や若年寄などの執政たちに逆らう力はなくなる。

「それで役目が務まるとでも思うのか。沙汰あるまで謹んでおれ」

些細な失点を厳しく指摘し、罷免あるいは左遷、ひどければ改易までする。

これが二人も続けば、目付に選ばれるほどの旗本である、その真意がどこにあるかを理解する。

「老中や若年寄などに手を出すな」

執政たちの警告だと気づけば、目付の勢いもそこまでである。

「…………」

あれだけ文句を言っていた目付たちが潮の引くように散っていった。

その騒ぎを遠目に見ている二人の目付がいた。

「どう思う。坂田氏」

「側用人にも手出しをするなとのことであろう」

坂田と呼ばれた目付が、感情を見せない表情で応じた。

「大岡出雲守の保身か」

「そうだろう。上様第一の側近とはいえ、大岡出雲守は側用人だ。執政衆のような力はない。我らにかかればいつでも罪人にできる」

坂田が述べた。

「大岡出雲守も、その役目にしがみつく俗物だったというわけだ」

最初に話しかけた目付があきれた。

「無理はなかろう。大岡出雲守は名門とはいえ分家筋。もとは三百石でしかない。上様のお役に立つことで出世し、一万石を与えられたにすぎぬ。あの者にはなんの能力もない。上様になにかあれば、たちまちその座から滑り落ちる小物」

坂田が笑った。

「では、我らの役目になんの支障もないと」

「そう考えてよかろう。芳賀氏」

坂田が声をより低くした。

「徒目付どもから報告はあったか」

「いいや」

問われた芳賀が首を横に振った。

「遅すぎるような気がする」

坂田が顔をしかめた。

「あの三人は、徒目付のなかでも腕利き、隠密方じゃぞ。心配するほどのことはなかろう。慎重、確実に仕留めるため、市井に潜んでいるのだろう」

芳賀が気にせずともよかろうと言った。

「連絡は絶やすなと命じておいたのだが……」

まだ坂田が懸念を見せていた。

「他の目付にばれてはまずいゆえ、連絡は最低限にせよと指示したのは、おぬしだろう。徒目付どもはそれを厳守しているだけでは」

「ならばよいが……」

「それよりも主殿頭の動きはどうだ。先代吉宗さまから選ばれたほどの男だ。なにかしておらぬか」

「最近は職務だけだな。屋敷に来る客の相手はしているようだが、先日のように自ら城下へ出向き、分銅屋と接触するようなまねはしておらぬ」

芳賀が告げた。

「穴はないか。見張りに」

坂田が手抜かりはないかと問うた。

「大丈夫だろう。黒鍬者（くろくわもの）を交代で四人出させている。表に二人、裏に二人。屋敷の見張りに抜かりはない」

「ならば見逃すことはないな」

応えた芳賀に、坂田がうなずいた。

目付の下には、徒目付、小人（こびと）目付の他に黒鍬者も配されていた。

黒鍬者は武家身分ではなく、幕府の中間のようなものである。戦国のころ築城や、鉱山開発などに従事した。武田信玄の軍団を支えた甲州金山を発見、開発した黒鍬衆が有名であるが、幕府の黒鍬者は鉱山開発ではなく、江戸城下の辻を管理するようになっていた。

「黒鍬者ほど江戸の道に詳しい者はおらぬ。いかに主殿頭とはいえ、黒鍬者の目を欺いて城下をうろつくなどできまい」

芳賀が黒鍬者の仕事を保証した。

「坂田氏……」

「ああ、芳賀氏」

二人が顔を見合わせた。

「先代の吉宗さまが無茶をされたおかげで、幕府は大きく揺らいだ」

「うむ。諸大名どもに幕府に金がないと教えてしまった。上米はまずかった」

上米は一万石につき百石の米を幕府へ上納させる令である。その代わり諸大名は参勤の江戸在府期間を半分、半年で切りあげられる。経費の高い江戸での滞在を短くすることで、上米した分以上の利を生んだおかげで、諸大名の反発はほとんどでなかった。

さすがに幕府が定めた参勤交代を短くするのは、将軍の指示でも無理があり、上米は八年で中止になった。

「あれ以降、江戸城中でも外様大名どもが胸を張っておる」

「であるな。さすがに我らに楯突くほどではないが、役目によっては外様大名どもに軽くあしらわれておるという」

二人の目付が嘆息した。

「やはり分家の出はなんだの。生まれついての将軍でないだけに、金を気にしすぎる」

「下々に近すぎる」

吉宗のことを二人の目付が批判した。

「金に汚い将軍など……」

「そうじゃ。武家は金のことなど考えてはならぬ」

目付が合意した。

「その吉宗さまが田沼主殿頭だけに遺言した」

「ああ。大御所吉宗さまの枕元に一人残されたと西の丸小姓から聞いた」

西の丸小姓とは、将軍あるいは将軍世子の側に仕える。吉宗にも四組二百人が付いていた。

目付たちは小姓を始め、いろいろなところに内通者を作っている。組内でもめ事があった、何役と何役の仲が悪いなどの話は目付にとって有益であった。

吉宗が死んだ日、西の丸小姓から報告された田沼意次だけが遺言を受けたという話に喰い付いたのがこの二人であった。

「紀州からの側近と昔話に興じられたのではないか」

他の目付たちが気にも留めなかったことに二人が注目した。

二人は徒目付を動かし、田沼意次を見張らせた。そして、田沼意次が江戸でも指折りの豪商のもとへ二度にわたって足を運んだことを知った。

「遺言、豪商。金を動かすことで儲けを得ている両替商」

「上様の側近、先の上様のお気に入りの主殿頭と商人との組み合わせ……」

二人の目付が結論を出すにときはかからなかった。

「万一、先代の上様は主殿頭に金のことをお預けになられた」

目付は武士の鑑である。武士のなかの武士を体現しなければならないのが目付なのだ。

「武士が金に踊らされるなど」

「許されぬ」

二人の目付は田沼意次の動きを制するために、分銅屋仁左衛門を襲うことにし、配下の徒目付隠密方に命じた。

「分銅屋への警告で退かなければ、次は主殿頭……」

「主殿頭は上様ではない。好きにできる」

目付といえども将軍には諫言一つできない。これも絶対の決まりであった。将軍へ諫言していいのは、執政と呼ばれる老中、若年寄、そして側近に数えられる側用人、お側御用取次、小姓組だけである。旗本と役人を監察するのが目付の役目、将軍への意見具申はその範疇をこえていた。

「もう少し待つか」

「そうよなあ」

坂田の問いに芳賀が悩んだ。

「江戸市中でなにかあったのか。町奉行所に問い合わせてみよう」

「分銅屋に異変が起こっていたならば、町奉行所に伝わっているはずだ」

芳賀の提案を坂田が認めた。

「もし、なにがあったかを把握していないようであれば、町奉行としての素質に欠けるとして、咎めねばならぬ」

坂田が付け加えた。

目付からの要請に町奉行所はすぐに応じた。

江戸町奉行は目付よりも格上であるが、監察を受ける側になる。目付に睨まれれば、旗本の出世頭とされる町奉行でさえ終わる。

「ここ十日の間に、江戸の町で起こったことだそうだ。吟味与力がそう申していた」

南町奉行山田肥後守利延が芳賀に書付を渡した。

「詳細が要りようならば、筆頭与力を呼び寄せよう」

しっかりと責任を筆頭与力に押しつけた山田肥後守が去っていった。

「俗物め」

書付を受け取った芳賀が吐き捨てた。

「どうであった」

坂田が芳賀に近づいた。

「これだが……」

上から順に書付を二人の目付が見ていった。

「なにもないではないか。掏摸や女犯ばかり。火事もない」

「分銅屋の名前さえないな」

芳賀と坂田がため息を吐いた。

「残るはなんだ」

残った数枚の書付に坂田が手を伸ばした。

「土左衛門の人相書きか。まったく要らぬものまで持って来るな。江戸であった異変と指示したはずだというに。やはり肥後守には町奉行は務まらぬ」

坂田が人相書きに付けられていた前書きを読んだだけで、書付を放り出した。

「呼び出しをかけるしかなさそうだな」

連絡の途絶えた徒目付たちの屋敷へ申しつけるしかないなと言いつつ、芳賀が人相書きを手に取った。

「……これは」

一枚目を見た芳賀が、慌てて二枚目、三枚目を捲(めく)った。

「どうかしたのか」

その様子に坂田が声をかけた。

「水死で人相が変わっているが、これは相田市弥(あいだいちや)ではないか。それにこれは向坂五右衛門(さきさかごえもん)……」

「貸してくれ」

奪うように坂田が人相書きを取りあげた。

「……ずいぶんと膨れているが、この面影はまさに相田、向坂だ。最後のこれは、初川に見える」

坂田が三枚目を確認した。

「どういうことだ。三人揃って大川で水死などありえんぞ」

芳賀が目つきを厳しいものに変えた。

「返り討ち……」

「両替屋が御家人のなかでも腕利きといわれる徒目付を倒せるわけなかろう」

坂田が口にした言葉を芳賀が否定した。

「……主殿頭」

「黒鍬者が見張っておるのだろう」

芳賀がもう一度違うと告げた。

「黒鍬者が見張っておるのは主殿頭だ。家臣までは手が回らぬ」

「目付は一人ずつが決まりだ。全員が一つになれば徒目付、黒鍬者のすべてを動員できるが……我らが手を組んでいることが他の目付に見つかればまずいのだ。増員は望めぬか」

首を振った芳賀へ坂田が難しい顔をした。

「主殿頭の家臣に、三人を始末できるほどの者がいる」

「うむ。そうなれば厄介だな」

確かめるように言った芳賀に坂田がうなずいた。

「だがこれは好機だ。主殿頭の家臣が徒目付どもを討った証が出れば、田沼家を改易に追い込める」

家臣の不始末は主君の責任になる。芳賀が続けた。

「先代上様の遺言を知るのは主殿頭一人、あやつを排除できれば……」

「武家の、幕府の崩壊を止められる」

坂田が口にした。

「それこそ目付の任である」

芳賀も首肯した。

「江戸市中のことなれば、黒鍬者にさせればよい」

「では、拙者が命じてこよう」

坂田が立ちあがった。

武士身分でさえない黒鍬者だが、頭は台所前廊下に殿中席を与えられていた。頭はここに朝の五つ(午前八時ごろ)から夕七つ(午後四時ごろ)まで詰め、目付からの指示を待つ。

「頼む。拙者はこれを処分しておく。他の目付が見つけて、徒目付たちだと気づいてはまずいでな」

芳賀が坂田を見送りながら、南町奉行山田肥後守から受け取った書付を燃やした。

第五章　裏の遣り取り

一

今日は来るなと田沼主殿頭意次に釘を刺されてしまった分銅屋仁左衛門は、元鷹匠町の勘定吟味役千種忠常の屋敷へ行くと腰をあげた。

「その前に、諫山先生、お約束どおり長屋をご覧に入れておきましょう」

店を出た分銅屋仁左衛門が表通りを二筋進んだところで、左に折れた。

「よいのか」

寄り道になる。左馬介は気を遣った。

「すぐそこでございますし」

たいした手間ではないと分銅屋仁左衛門が手を振った。

「この辻の突き当たりから手前二筋目を左、入ってすぐ右に長屋木戸がございます」

「木戸があるのか」

左馬介は目を剝いた。

かつてはどこの長屋も木戸を持っていた。かかわりのない者の侵入を防ぐために設けられた木戸は、人が二人並んで通れるかどうかという狭いものだが、日が落ちると閉じられ、なかから閂がかけられた。長屋の者で門限を過ぎた者は木戸に近い長屋へ声をかけて開けてもらう。門番もかねるため、木戸近くの長屋は店賃が安くなっているなども慣例となっていたが、これも元禄のころまでであった。

夜中に起こされては明日の仕事に差し障ると、門番の店子が戸締まりを放棄した。値引きという利だけ受け取って、その分の仕事をしなくなった。

「こんな貧乏長屋だ。盗人が入るはずなんぞねえわ。ぎゃくに盗人が出るかも知れねえけどな。同じ長屋の仲間だ。仲間の仕事がしやすいように木戸を開けておくのも情ってやつよ」

屁理屈をこねて、門番が戸を開け放しにした。

「閉めない木戸なんぞ、要らねえよな。今日は冷えるが、薪を買う金はねえし。ちょである。

「竈の焚きつけがなくなってらあ。ちと木戸でも割ってくるぜ」

ただの板と化した木戸を貧しい長屋の住人が薪や焚きつけに使うのは当然の帰結で
ある。

こうして長屋の木戸は、枠組みだけ残してなくなっていった。

その木戸がまだある。それだけでこの長屋が高級なところだとわかる。なにせ、薪
を買う金に困っていないとの証だからだ。

「この奥から三軒目の右、そこが諫山先生の長屋になりまする」

木戸を潜った分銅屋仁左衛門が案内した。

「どうぞ。障子紙は新しくしてますので」

「ありがたい。障子紙が新しいと長屋のなかまで明るくなる」

左馬介は喜んだ。

煤けた障子紙は光を通しにくい。早朝や夕暮れだと長屋のなかは夜と変わらない。

これだけでも灯り代が違ってくる。

「……どうぞ」

あっさりと長屋の障子戸が開いた。

「手入れが行き届いておるなあ」

がたつかず開いた障子戸、でこぼこなく平らにならされた台所土間、割れていない竈、左馬介は見回して感心した。

「あがってくださいな」

雪駄を揃えて分銅屋仁左衛門が長屋へあがった。

「おおっ。土間と部屋の間に仕切りの障子があるではないか」

左馬介はまた驚いた。

今まで左馬介が住んでいた長屋は、土間と居室を仕切るものなどなく、夏の暑いときに風を求めて表障子を開けると中まで丸見えになった。もちろん、そんなことを気にする者などいない。

「奥もどうぞ」

「拝見する」

居室の向こうにある襖を左馬介は開けた。

「もう一間あるではないか」

襖の向こうには、板張りながら三畳ほどの部屋があった。左馬介は目をおおきくした。

「こちらは一間（約一・八メートル）の裏庭でございますよ。物干し場としてお使いくださいな」

板張りの部屋への入り口、その隣の障子を分銅屋仁左衛門が開け放った。

「…………」

左馬介は驚きで声もでなかった。

「居室は十畳、土間台所と仕切り襖までの板の間が二畳、奥が三畳。これだけあれば、ご内儀を迎えられても大丈夫でございましょう。いや、子供さまがおできになってもお一人、二人ならば、問題ないかと」

「ああ」

左馬介も同意するしかなかった。

「いかがで」

分銅屋仁左衛門が誇らしげな顔をした。

「本当によいのか。ここをただで貸してもらって」

あまりの良さに、左馬介は怯えた。

「あとでやはり店賃をと言われても払えぬぞ」

左馬介は分銅屋仁左衛門を見た。

「ここは年貸しの長屋でございましてね。一年の店賃が一千二百文で」

「月にして百文か」

「月割りですと、いささか高くなりますよ。一カ月で二百文。日割りですと一日十文ですな」

前に借りていた長屋が十日で六十文ほどであったことを思えば倍近い。

「日割りが高すぎぬか。日割りで店賃を払えば、年で三千六百文ほどになる」

計算した左馬介が苦情を申し立てた。

「いつ逃げるかわからないのでございますよ。日割りの者は。汚すだけ汚して三日で逃げ出されたこともありましてね。その後始末に二千文近くかかりました。こっちも施餓鬼(せがき)をしているわけじゃありません。儲けるために家主をしておりまする」

暴利だろうと非難した左馬介を分銅屋仁左衛門が鼻先であしらった。

「その代わり一年、二年、三年と長くなればなるほど、店賃は割り引いております」

分銅屋仁左衛門が付け加えた。

「挨拶料はいくらで、節季銭はどれほど」

左馬介が問うた。

挨拶料は引っ越してきたとき、家主に払うもので、最下級の裏長屋で二朱、表通りに面している二間（約三・六メートル）間口の貸し店で十両と大きさ、立地で変わった。

また、節季銭は、人日、上巳、端午、七夕、重陽の五節句ごとに店子が家主に支払った金で、住まわしていただいている謝礼と言われている。やはり表、裏、貸し家の大きさで違い、裏長屋の五十文から表店の一分まで段階があった。

「諫山先生からいただこうとは考えておりませんよ」

「念のためだ。分銅屋どのの仕事を辞めてからもここに住むとなれば要るだろう」

「先生ならば、ずっとお願いしたいところでございますが」

首にする気はないと分銅屋仁左衛門が否定した。

「拙者も辞めたくはないが、怪我をして動けなくなったり、歳老いて無理が利かなくなったりしたときにな」

左馬介が告げた。

「店のかかわりで怪我をされたならば、見舞金としていくらかと店賃のただは続けさせてもらいますし、働けなくなるまでがんばっていただいたら、相応のまねはいたしますがね。それでも気になると言われるなら……挨拶金が一両、節季銭は一分でございます」

しぶしぶ分銅屋仁左衛門が教えた。

「高いな。それだけ払える者となれば……」

周囲を見回すように、左馬介が首を巡らせた。

「大店の手代、そこそこの商家の番頭、大工、左官の棟梁、名の知れた指物師、名妓と讃えられる芸者、あとは妾というところ」

さとった分銅屋仁左衛門が述べた。

「なるほどな。そこそこ稼いでいる連中ばかりと。日雇いの浪人者には過ぎたところだ」

左馬介が苦笑した。

「まあ、よろしいじゃございませんか」

分銅屋仁左衛門が裏庭に面した障子を閉め始めた。

「そろそろ参りましょう」

「…………」

難しい顔のまま、左馬介も戸締まりを手伝った。

「この暮らしに慣れるのが怖いな」

長屋を出たところで、左馬介は呟いた。

「もう落とせませんか」

「人は一度覚えた贅沢からは抜け出せぬものだからな」

左馬介は嘆息した。

「いやあ、なかなか」

歩き出しながら分銅屋仁左衛門が笑った。

「見抜かれましたなあ」

「ふん」

左馬介は鼻を鳴らした。

「生活を落としたくなければ、一所懸命やってくださいな。この分銅屋、働きに報いるに吝いまねはいたしませぬ」

分銅屋仁左衛門が宣言した。

「逆に、手を抜けば……」

「さっさと切り捨てさせていただきますよ」

一応問うた左馬介に、分銅屋仁左衛門が冷たく応えた。

二

旗本や大名は表札をあげていない。初めての屋敷を訪れるには、あらかじめ絵図などで確認しておくか、おおよその住所まで行って、その辺りの人に訊くしかない。

「元鷹匠町に着きましたが……」

分銅屋仁左衛門が辺りに目をやった。

「どこともよく似た大きさのお屋敷ばかりでございますな」

見分けがつかないと分銅屋仁左衛門が愚痴を漏らした。

幕府は旗本たちに屋敷を与えるについて、石高、格式の近いものをまとめていた。なかには町奉行所の与力、同心の組屋敷町である八丁堀に、白河松平十一万石の上屋敷といった例外もあるが、多くは同格でまとめていた。

こうしておけば、出世して家禄が増えた旗本の屋敷をどこへ移せばいいか一目瞭然で、便利だからだ。

「訊いて参ろう」

こういうときに率先して動くのが雇われ人の心得である。雇い主に行かせては気分を害させてしまう。

「卒爾ながら……」

左馬介は門前を掃除している小者に声をかけた。

「……なんじゃ」

小者が左馬介を見てから、尊大な態度で応じた。

「このあたりで千種さまというお旗本のお屋敷を探しておるのだが、ご存じであれば
ご教示願いたい」

左馬介は「ご」と「お」をこれでもかと付けて、尋ねた。

「千種さまか。勘定吟味役をお務めの」

「いかにも。そのお方でござる」

確認した小者に分銅屋仁左衛門が近づきながら首肯した。

「分銅屋でございまする」

「浅草門前西の分銅屋か」

「はい」

驚いた小者に分銅屋仁左衛門がうなずいた。

「……千種さまならば、あの角のお屋敷でござる」

左馬介に対するのとまったく違った態度で小者が答えた。

「あちらが……ありがとう存じまする。お手を止めました。これは迷惑代で」

千種の屋敷を見た分銅屋仁左衛門が、すばやく一朱金を小者の袂へと落とし込んだ。

「これは」

小者が袂の変化に気づいた。

「では、ごめんを。参りましょう、諫山先生」

小者から目を離して、分銅屋仁左衛門が左馬介を促した。

「お待ちあれ、分銅屋どの」

背を向けた分銅屋仁左衛門を小者が呼び止めた。

「なにか」

分銅屋仁左衛門が首だけで小者を振り向いた。

「千種さまはお役目でお城にあがっておられる。今、訪れてもお留守でござる。お会いになるなら七つ（午後四時ごろ）すぎでなければ」

金の効き目は強い。小者が親切に教えてくれた。

「それは、それは、ご丁寧にありがとうございまする」

ちゃんと身体を向き直して、分銅屋仁左衛門が小者に礼を言った。

「本日はご挨拶だけでございますれば、ご当主さまとは後日」

　別に千種本人がいてもいなくても構わないと分銅屋仁左衛門が告げた。

「左様でござるか。要らぬことを申した」

「いえいえ。ご親切沁みいりまする。では」

　もう一度礼をして分銅屋仁左衛門が小者から離れた。

「ご覧になりましたか」

　前を向いたままで分銅屋仁左衛門が左馬介に問うた。

「金の力……」

「ええ。尊大な旗本の小者が、たかが一朱で商人に媚びを売る。おもしろいですな。お侍さまは力が売りもの。わたくしと諫山先生では、あきらかに諫山先生が勝つ。諫山先生がわたくしよりも格上でなければ、武士の世はなりたちません。それが、小者でさえ、浪人とわかった諫山先生を冷たくあしらい、わたくしが分銅屋だとわかった瞬間、対応を変えてくる」

「わかっておる。とっくに世のなかは武ではなく金で動いているとな」

　左馬介は苦い顔をした。

「すでに実態は金の世。それを認めたがらない武家。いや、見て見ぬ振りをして、過去の栄光にすがる武家。こんないびつな世のなかは長く保ちませんよ。今のうちに正しい姿に合わせておかないと」

「だろうな」

分銅屋仁左衛門の言いぶんを左馬介は認めた。

「田沼さまのなさろうとしていることは、天下の寿命を延ばすことでもありますのでね」

「その前に武家の寿命は尽きそうだがな」

「公家が衰退し、武家が興った。平家が没落し、源氏が力を持った。源氏が落ちぶれ、北条の傀儡になった。北条が滅ぼされ、足利が覇を唱えた。そして足利の代わりに徳川が隆盛を極めた。生者必滅、会者定離。永遠に続くものなんぞありはしませんよ」

左馬介の皮肉を分銅屋仁左衛門が一蹴した。

「では、金の世も終わると」

「はい」

試すような左馬介の質問に、分銅屋仁左衛門がためらいなくうなずいた。

「えっ……」

思わぬ答えに左馬介が戸惑った。

「金の世はいつか終わります。もっとも、そのときは人の世も終わりますが」

分銅屋仁左衛門が淡々と口にした。

「人の世が終わる」

「そうですな。人がいなくなれば、金は誰も遣わなくなります。そして金がなくなれば、人はなにを基準として生きていけばいいかわからなくなりますので」

唖然とした左馬介に、分銅屋仁左衛門が説明した。

「さて、話はこのへんで終わりましょう。千種さまのお屋敷前に着きました」

会話を分銅屋仁左衛門が打ち切った。

「外で待っていよう。どのくらいかかる」

左馬介が訊いた。

「ご一緒くださってかまいませんが」

遠慮は無用だと分銅屋仁左衛門が同席を許した。

「いや、こういうときは外にいるべきである。もし、千種家が分銅屋仁左衛門に害意を抱いても、外に誰かがいると躊躇(ちゅうちょ)しなければならなくなる。拙者が町奉行所、あるいは評定所へ駆けこむかも知れぬのだからな」

「なるほど」

左馬介の言葉に分銅屋仁左衛門が感心した。

「では、お待ちを願いましょう。そうですね。今日は顔見せていどでございますれば、小半刻（約三十分）くらいで」

「承知した。半刻（約一時間）経っても、出て来なければ様子を窺う。それ次第では……」

すぐに帰ると言った分銅屋仁左衛門に、左馬介が念を押した。

「よろしくお願いしますよ」

首を縦に振って、分銅屋仁左衛門が千種家へと向かった。

五百石は旗本で真ん中あたりになる。千石をこえるとお歴々、あるいはご大身といわれ、百石を割ると貧乏旗本と嘲られる。

「ごめんをくださいませ」

分銅屋仁左衛門が千種家の門を叩いた。

「……動きがないですなあ」

応答もない状況に、分銅屋仁左衛門が首をかしげた。

「お邪魔をいたしまする。千種さま」

今度は大きめに門を叩き、どこの誰に言っているかを明確にするため、千種の名前を呼びかけた。

「誰じゃ。内職の邪魔をしおって」

ようやく門脇にある見張り窓が開いて、門番小者が分銅屋仁左衛門を見た。

「浅草門前西で両替商を営んでおりまする分銅屋仁左衛門と申しまする」

ていねいに腰を折って、分銅屋仁左衛門が名を告げた。

「分銅屋……」

小者が目を剝いた。

「ご当主さまにお目通りをお願いいたしたく参上いたしましてございまする」

「しばし、待て」

あわてて小者が引っこんだ。

「さて、どう来ますかね。当主不在を理由に門前払いは下策、こちらの訪問理由を知るために用人あたりが対応をするが上策」

頭をさげたままで分銅屋仁左衛門が笑った。

「来ましたね」

門の向こうで人の足音が二つ聞こえた。

「外か」

「はい」

確認する声と応答が聞こえ、門脇の潜戸が開いた。

「そなたが分銅屋か。当家の用人鈴木である」

初老の侍が顔を出した。

「分銅屋仁左衛門でございまする」

もう一度分銅屋仁左衛門も身許を明らかにした。

「あいにく主はお役目でお城にあがっておる。用件はこの儂が受けよう」

用人の鈴木が告げた。

「お留守中とは知らず、ご無礼をいたしました。いつ、おいでてございましょう。出直して参りまする」

言外に用件は直接千種に話すと分銅屋仁左衛門が言った。

「殿は勘定吟味役という多忙なお役目を果たしておられる。いつ会えるかなどわからぬ。儂が伝えておこう」

顔見知りでもない商人と主人をいきなり会わせるわけにはいかない。用人として正しい応答であった。

「さようでございますか。ご多忙とあればやむを得ませぬ。千種さまへのお目通りはあきらめまする。お邪魔をいたしました」

分銅屋仁左衛門がそうそうに辞去を申し出た。

「よいのか」

帰ろうとする分銅屋仁左衛門に用人が戸惑った。

「はい。ご縁がなかっただけでございまする。諫山先生」

用人に答えた分銅屋仁左衛門が左馬介を呼んだ。

「なにかの」

左馬介が分銅屋仁左衛門に近づいた。

「麹町の近藤さまのお屋敷へ参りますよ」

「わかった。供いたそう」

分銅屋仁左衛門の指示に、左馬介はうなずいた。

「ま、待て」

鈴木が分銅屋仁左衛門の前に回って止めた。

「なにかございましょうや」

分銅屋仁左衛門が首をかしげて見せた。

「今、そなたが申した近藤さまとは、勘定吟味役の近藤峯之臣(みねのしん)さまのことか」

用人の鈴木が質問した。

「ご存じでございましたか。さすがにご同役だけのことはございますな」

分銅屋仁左衛門が感心した。

「当家で断られた後、同役の近藤さまのお屋敷へ向かうとは、何用じゃ」

鈴木が分銅屋仁左衛門を詰問した。

「近藤さまへのご用件をお話しするわけには参りません」

冷たく分銅屋仁左衛門が拒んだ。

「では、当家へ来たのはなんのためじゃ」

「ご当主さまにだけお話しいたしますので。では、ごめんくださいませ」

さらに迫る鈴木を分銅屋仁左衛門があしらった。

「いいや、ならぬ。話をするまで行かさぬ」

鈴木が分銅屋仁左衛門の肩を摑んだ。

「乱暴なお方でございますな」

顔をしかめた分銅屋仁左衛門だが、相手は陪臣(ばいしん)とはいえ武家である。無理矢理手をふりほどくわけにはいかなかった。

「申せ。申さぬか」

鈴木が分銅屋仁左衛門を揺さぶった。

「しかたございませんね。お話しをいたしましょう」

大きく分銅屋仁左衛門がため息を吐いた。

「浅草門前西町にあった駿河屋という貸し方屋のことでございまする」

「駿河屋だと……」

聞かされた鈴木が、思わず分銅屋仁左衛門から手を離した。

「ご存じのご様子。当然でございますな。ご用人さまといえば、千種家の内証をしきっておられるお方。金を借りていた店の名前を知らないはずはございません」

一瞬で、分銅屋仁左衛門がたたみかけた。

「あっ、いや、それは」

鈴木が否定する間を失ってうろたえた。

「ですからご当主さまにと申しあげたのです」

分銅屋仁左衛門が鈴木にあきれて見せた。

「駿河屋は潰れたはずじゃ。今さらそれがどうしたというのだ」

潰れた店とのかかわりなど、ないも同じだと鈴木が反撃に出た。

「駿河屋をわたくしが居抜きで買わせていただきました」

「居抜きで……」

鈴木が不安そうな顔をした。

「帳面も買ったということでございますよ」

「…………」

鈴木が絶句した。

「では、失礼を」

呆然としている鈴木を置いて、分銅屋仁左衛門が歩き出した。

「よかったのかの」

後ろに付きながら、左馬介が問うた。

「はい。十分でございますよ。近いうちに向こうからやってきましょう」

分銅屋仁左衛門が結果に満足していると言った。

「麴町へは行かぬのか」

「行きませんよ。まずは千種の反応を見てからです」

訊いた左馬介に、分銅屋仁左衛門が答えた。

「で、諫山先生、後を付けてくる者の気配はございますか」

「わからん」

左馬介が首を左右に振った。

「今日は、村垣さまのお姿もございませんし」

「芸者らしい女は見えぬな」

粋筋の女は素人とまちがわれないよう、襟まで白粉を塗ったり、着物の着方を崩したりしている。辺りを見回した左馬介がいないと告げた。

「どうでしょうかね。一度立ち止まって、ゆっくり後ろを見ませんか」

分銅屋仁左衛門が提案した。

「それくらいで見抜けるとは思えぬが……」

「見抜かなくてもよろしゅうございます。こちらが警戒していると伝わるだけでも、効果はありましょう」

乗り気でない左馬介を、分銅屋仁左衛門が説得した。

「……わかった」

雇い主の希望はできるだけかなえなければならない。それがたとえ無理なものであっても、否定せず一度は従うのが長くつきあうことだと、左馬介は学んでいる。

「どれ……」

道の中央で仁王立ちするのは邪魔になる。少し脇へ寄ってから、左馬介は身体ごと後ろを向いた。

「……………」

辺りを睥睨（へいげい）するように、ゆっくりと確認する。

「……それらしい者はおらんな」

煙草を二服吸い付けるほどの間をかけたが、左馬介にはなんの違和も感じ取れなかった。

「わたくしもわかりませんね」

一緒に振り向いた分銅屋仁左衛門もわからないと口にした。

「まあ、よろしいでしょう。そろそろ日が陰り出しました。どちらにせよ、千種の動き待ちでございますからね。帰りましょう」

分銅屋仁左衛門が歩き出した。

三

千種家の用人、鈴木は小さくなっていく分銅屋仁左衛門の姿を見送っていた。

「馬鹿な……貸し方帳面が分銅屋の手に……」

鈴木が震えた。

「どうしたのだ」

そこへ勘定吟味役千種忠常が戻ってきた。

勘定吟味役は五百石高、役料三百俵で、幕府の金がかかわるところならば、大奥であろうが将軍御手元金であろうが、監査できた。

勘定組頭のなかから六名ていどが選ばれ、勘定奉行の下役ではなく、老中の支配を受けた。

「殿、とにかくお屋敷へ」

鈴木が千種の手を取らんばかりにして屋敷へ連れこんだ。

「どうしたというのだ。そなたが、それほど取り乱すなどないことだぞ」

屋敷に入った千種忠常が、着替えもせずに問うた。

「一大事でございまする」

主君の膝近くに腰を下ろした鈴木が千種忠常の顔を見た。

「落ち着け。火事があったわけではなかろうが」

千種忠常が鈴木を宥(なだ)めた。

「浅草門前西の駿河屋を覚えておられましょうや」

「駿河屋か。覚えておるぞ。ずいぶんと頼りになった。駿河屋のおかげで勘定吟味役になれたと言ってもいいほどにな」

鈴木の問いに、千種忠常が応じた。

「だが、駿河屋は潰れ、家人は夜逃げをいたしたとかで、行き方知れずだというではないか。当家としては金を借りたままになっているのはいささか気になるところであるが、相手がおらぬならば返しようもない。助かっておるのはたしかだが」

千種忠常が述べた。

「さきほど、浅草門前西の分銅屋と申す者が当家を訪ねて参りましてございまする」

「分銅屋といえば、両替商であるな。もっとも、両替商というより、金貸しといったほうが正しい有様らしいが」

さすがに勘定吟味役である。分銅屋の実態をよく把握していた。

「その分銅屋が当家に何用で参った」

「駿河屋の貸し方帳面を引き継いだと」

「……なにっ」

千種忠常が驚愕の声をあげた。

「殿、返済をいたさねばなりませぬか。当家に今、余剰の金はございませぬ。すべて殿のご出世のために……」

鈴木が切羽詰まった言葉を発した。

「待て、慌てるな。帳面だけならば問題ない。証文まで出されては、返済せねばならなくなるが……証文は持っていたか」

「証文についてはなにも申しておりませんでした」

「ないのか、それとも隠しているのか……」

千種忠常が爪の先を噛んだ。

「それ以上はなにも言わなかったか」

「そういえば、当家の後、近藤峯之臣さまのお屋敷を訪ねるとか申しておりました」

「なんだと」

思わず腰を浮かせるほど千種忠常が驚いた。

「同役の近藤にまちがいないのだな」

「はい。麴町の近藤さまと申しました」

確認する主に、用人が首肯した。

「まずいぞ」

千種忠常の顔色が変わった。

「なにがでございましょう」

鈴木が尋ねた。

「近藤は、次の佐渡奉行の座を争う相手だ。その近藤に、儂は金を借りて返しもせず、店が潰れたのをよいことに頬被りをしていると知られたら……」

佐渡奉行は千石高、役料一千五百俵、役扶持として百人扶持が与えられる。遠く江戸を離れるとはいえ、従（じゅ）六位下に等しい布衣（ほい）格の扱いを受け、金山を監督することもあり余得も多い。

「……………」

鈴木の顔色も真っ青になった。

「何刻（なんどき）の話だ」

「殿がお帰りになるほんの少し前でございました」

訊かれた用人が答えた。

「近藤の屋敷は麴町二丁目だ。ここからは少々かかる。暮れ六つ（午後六時ごろ）近くでは、商人が旗本を訪ねるによいとは思えぬ」

千種忠常が思案に入った。

「勘定吟味役は連日務めじゃ。いきなり明日休むというわけにはいかぬ。あらかじめ届けておかねば、不意の休みは病気と疑われる。病がちとなれば、遠国へ赴任する佐渡奉行にはまずなれぬ」

表情をゆがめながら千種忠常が続けた。

「三日前に申しておけば、なんとか休める。鈴木」

「はい」

声をかけられた鈴木が傾聴の姿勢を取った。

「明日一番に、分銅屋まで参れ。四日後に屋敷を訪ねて参れとな」

「刻限はいかほどに」

午前中か、午後からかを鈴木が問うた。

「できるだけ早く会って話をせねばならぬ。四つ半（午前九時ごろ）と言え」

「早いのがよろしければ五つ（午前八時ごろ）でもよろしゅうございましょう。分銅屋とはいえ、たかが商人、こちらの言うがままに応じましょう」

「愚か者」

千種忠常が鈴木を叱った。

「五つといえば、登城の刻限であろうが。このあたりの者がいっせいにお城へ向かう。

他人目が山ほどあるのだぞ。そんななか、分銅屋が我が屋敷に入ってみよ。なにを言われるか。勘定吟味役と両替商の組み合わせなど、格好の話題であろうが」

「申しわけございませぬ」

鈴木が平伏した。

「人気が少なくなるまで待つのが無難である」

「考えが及びませず」

諭された鈴木が反省した。

「わかったならば、手配をいたせ」

千種忠常が命じた。


老中本多伯耆守正珍は上屋敷に加賀屋を呼び出した。用人や家老ならば吉原で宴席を伴った会合も許されるが、さすがに老中が吉原などに出入りするわけにはいかなかった。なにより多忙な老中である。外出する暇などない。

「本日はお目通りをお許しくださり、ありがとう存じまする」

江戸でも指折りの豪商とはいえ、老中と同じ座敷は許されない。加賀屋は下の間、その襖際で手を突いた。

「うむ。そこでは話が遠い。もそっと近う参れ」

手にした扇子で、本多伯耆守が招いた。

「畏れ入りまする」

加賀屋が座敷の中央まで膝行した。

「で、用件はなんだ。一応のところは稲垣から聞いたが。お側御用取次田沼主殿頭を排除して欲しいでよいのか」

本多伯耆守が確認した。

「排除など、とんでもございませぬ。ただ、有能な田沼さまには、もっとお力を発揮できるお役があろうと思いましただけで。世情にも通じておられるようでございますし。京都町奉行とか、大坂町奉行、甲府勤番支配などがよろしいかと」

「遠国へ飛ばせと言うのだな」

加賀屋の口にした役目に本多伯耆守が嘆息した。

「いかがでございましょう」

「難しいぞ。主殿頭は上様のお側の一人じゃ。いきなり遠国は厳しい。なにより主殿頭は先日ご加増を受けて二千石になった。遠国奉行は一千五百石高の役目じゃ。本禄より低い者がなった例もあるが、なかなか難しい。甲府勤番支配は三千石でふさわしいが、定員がふさがっている。今の甲府勤番支配を動かすとなれば、いろいろと面倒だ」

遠国は無理だと本多伯耆守が否定した。

「では、寄合にしていただくわけには」

寄合は小身旗本における小普請と同じで、無役の高級旗本を指す。

「無茶を言うな。上様のお気に入りをいきなり寄合にできるか。主殿頭になにか咎めることでもあるなら別だが、ないのだろう。あれば、余のところではなく、目付へ駆けこんでおろうが」

「…………」

痛いところを突かれた加賀屋が黙った。

「君側の者を遠ざけるには、よほど周囲を納得させるだけのものを用意せねばならぬ」

本多伯耆守が続けた。

「思いきった出世をさせるしかない」

「……思いきったと言われますると」

「旗本として上がり役に近い江戸町奉行、あるいは勘定奉行だな」

問われた本多伯耆守が述べた。

「では、それを……」

「無理だな」

あっさりと加賀屋の望みを本多伯耆守が断った。

「なぜでございましょう」

加賀屋が苛立ちを口調にのせた。

「町奉行になるには、少なくとも目付、あるいは大坂、京の町奉行を経験していなければならぬ。勘定奉行はもっとはっきりしている。勘定組頭をしていなければ推薦は難しい。田沼家は勘定筋ではない」

筋とは代々どの役目に就くかが決まっている家柄を言う。大番組や先手組など武をもって仕える番筋、勘定衆など算盤を得意とする勘定筋などがあった。

「そこをなんとか、伯耆守さまのお力で」

「前例がない。他の老中はもとより、奥右筆どもも納得せぬ」

本多伯耆守が首を横に振った。

「…………」

加賀屋がうつむいた。

「手がないわけではない」

そこで本多伯耆守が告げた。

「どのような」

「奥右筆も老中も同じ。役人を動かすには……」

じっと本多伯耆守が加賀屋を見つめた。

「金でございますな」

すぐに加賀屋が悟った。

「どのくらいご用意すれば」

「そうよなあ、まず一万両というところか」

「なっ、なにを仰せられまするか」

莫大(ばくだい)な金額に加賀屋が目を剝いた。

「老中一人口説き落とすのに千両、奥右筆一人に二百両、他に今の勘定奉行、あるいは町奉行を転じるのに三千両はかかる。他にも手配りをせねばならぬところもある。一万両では足りぬかも知れぬな」

「いくらなんでも無茶でございまする」

加賀屋が首を左右に振った。

一万両は、江戸で屈指といわれる豪商の全財産に近い。

「無理か、そなたでも」

「すぐには。お大名、お旗本衆にお貸ししてある金を返していただければ、それくらいは出せますが」

今度は加賀屋が本多伯耆守を見あげた。

「…………」

本多伯耆守が目をそらした。

「まあ、これは乱暴な手段であるな」

話を本多伯耆守が切り替えた。

「他にも手立てがございますので」

「ないわけではない。そういえば、そなたは新しい通達を知っているか。城中に出たものだがな」

言いかけた本多伯耆守が加賀屋へ訊いた。

「あいにく、存じあげませぬ」

知らないと加賀屋が答えた。

「誰であろうとも上様へ目通りを願う者は、お側御用取次を通し、側用人の同席を認めよというお触れじゃ」

「それがなにか」

加賀屋が首をかしげた。

「商人ではわからずとも無理はない。畏れ多いことながら、今の上様はお言葉がお上手ではない。側用人大岡出雲守を通さねば、我らにはなにを仰せられているかわからぬ。ゆえに絶えず大岡出雲守が同席しておるのだが、これでは密事もなにもあったものではない。とくに役人、旗本の非違を監察する目付が困る。もし、大岡出雲守を糾弾したいと思っても、本人が横にいてはまずかろう。今までは、老中と目付は大岡出雲守を排して、上様と二人きりでお話ができた。それができなくなった」

「おっしゃっている意味がわかりかねまする」

語る本多伯耆守に加賀屋が困惑した。

「わからぬか。まともに話せぬ上様と二人。上様がどのように反応されても、我らにはわからぬ。となれば……」

「つごうの良いように解釈できる」

ようやく加賀屋は気づいた。

「そうだ。それが駄目になった」

「よりまずい状況ではございませぬか」

加賀屋が頬をゆがめた。

「いや、考えようによっては、この状況は使える」

「なんと仰せで」

本多伯耆守の言葉に加賀屋が驚いた。

「わからぬか。いかに江戸一の札差加賀屋とはいえ、やはり商人じゃな。役人の機微はわからぬとみえる」

本多伯耆守が加賀屋を笑った。

「…………」

加賀屋が不満そうに口を閉じた。

「まあ、よい。ここまで見抜かれては、それこそ武家の世は終わる。すでに金で商人に勝てる武家はおらぬのだからな」

小さく本多伯耆守が嘆息した。

「伯耆守さま」

話してくれと加賀屋が急かした。

「簡単なことだ。今までは二人きりでの目通りだったことが、三人になる。一人証人が増える。利害関係のない大岡出雲守が内容を保証してくれる」

「……」

「まだわからぬか。逃れぬ証拠と同義じゃ。田沼主殿頭に非違があると目付が上申したとき、上様だけでは、うなずかれたかどうかの判断が他の者にはできなかった。恣意で上様のご意思を枉げたのではないかという疑念が消えぬ。もし後から大岡出雲守を通じて、ご否定のお言葉が出れば、目付の進退にもかかわる。それがなくなる。目付の申しあげたことはすべて真実としてとおる」

「なるほど」

　本多伯耆守の説明に、加賀屋が納得した。

「なにより、大岡出雲守に田沼主殿頭の悪いところを吹き込めるのがいい。人というのは弱い。最初は信じていても、回数が重なれば不安が増す。大岡出雲守が、主殿頭を疑い出せば、上様も引きずられる。なにせ、上様がお話しになれるのは大岡出雲守一人なのだ。大岡出雲守の意見が、上様の意見になる」

「大岡出雲守を最初からこちらへ引きずり込んではいけませんか。千両くらいならば、ご用立ていたしますが」

　大岡出雲守を仲間にしたほうが早いだろうと加賀屋が言った。

「無理だ。大岡出雲守は身のほどを知っておる。上様のお言葉を解すればこその側用人であり、一万石だとな。いきなり大岡出雲守がお側御用取次で上様のお側として共に仕える主殿頭の悪口を言い出せば、疑われよう。いかに一人しかおらぬ通詞役とはいえ、政に偽りを持ちこめば、上様のお怒りを買う」

愚案だと本多伯耆守が駄目を出した。

「では、わたくしはなにをいたせば」

理解した加賀守が尋ねた。

「目付を何人か堕とせ。一人では足りぬ。同じ者が主殿頭の咎を言い続けるのは不自然だからな。少なくとも三人は要る」

「お目付さまを三人……難しい」

加賀屋が唸った。

旗本の非違監察である目付は、当然ながら清廉潔白でなければならなかった。

「親戚を使うとかやりようはあるだろう。それくらいは苦労せい」

「はい。他には」

たしなめられた加賀屋がうなずいた。

「あとは主殿頭に悪さを仕掛けろ。それを繰り返せ」

「お目付の目に留まるような悪さでございますな」

「そうだ。わかったならば、帰れ。余は忙しい」

屋敷に帰ってからも老中には執務がある。本多伯耆守が手を振った。

「ありがとうございました」

深く加賀屋が頭をさげた。

「ああ、わかっておろうが、当家の借財、減額の約束を忘れるな」

本多伯耆守が釘を刺した。

四

千種家の用人鈴木が分銅屋に来たのは、夜が明けたばかりの明け六つ（午前六時ごろ）であった。

「うわあ」

表戸を開けた手代が、外で立っている鈴木に驚いた。

「ど、どちらさまで」

相手は武家である。すぐに気を落ち着けた手代が訊いた。

「千種家の用人鈴木である。主に会いたい」

「お待ちを」

常識をはずれた訪問でも武家となれば別であった。手代が店の奥へと引っこんだ。

「……もう来ましたか。ちょっと薬が効きすぎましたか」

ようやく床から離れたばかりだった分銅屋仁左衛門が苦笑した。

「かといってお断りもできません。客間を用意しなさい。わたくしも支度をします」

分銅屋仁左衛門が手代に指示した。

「……お待たせをいたしましてございまする」

着替えと洗面だけで朝餉を後回しにした分銅屋仁左衛門が客座敷に顔を出した。

「朝早くからすまぬな」

鈴木が詫びた。

「驚きましてございまする」

直接の非難はできない。分銅屋仁左衛門がやわらかい表現で苦情を言った。

「早速だが、三日後の朝四つ半に当家へ参るように」

前置きもなく、用件を鈴木が告げた。

「三日後でございますな。わかりましてございまする」

拒否する気は端からない。分銅屋仁左衛門がうなずいた。

「なお、今回の訪問は決して他に漏らしてはならぬ」

「承知いたしております。勘定吟味役さまを両替屋が訪れたとあっては、下種な勘ぐりをする者もでましょう」

分銅屋仁左衛門も同意した。

「近藤さまのお屋敷にも近づくな」

「はて、それはなぜでございましょう」

わざと分銅屋仁左衛門が首をかしげた。

「当たり前であろう。当家で用がすめば、近藤さまのお手をわずらわせることはない」

「……お手を……わかりましてございまする。三日後、千種さまとお目にかかるまでは、近藤さまのお屋敷には参りませぬ」

少し考える振りをして、分銅屋仁左衛門が首肯した。

「わかったな。刻限に遅れるでないぞ」

念押しをして鈴木が帰っていった。

「意外と度胸のないお方なのかも知れませんね。千種さまは」

分銅屋仁左衛門は鈴木を見送りに立たなかった。夜明け早々に来るという礼儀知らずに、礼を尽くす気にはなれなかったのだ。

「終わられたかの」

客間の外から左馬介の声がした。

「どうぞ。すみましたので」

分銅屋仁左衛門が許可した。

「ふあああ」

「眠そうでございますな」

入ってきた左馬介が大あくびをしたのに、分銅屋仁左衛門があきれた。

「夜回りを終えて明け方に寝たところだったからな。喜代どのに起こされた」

「それは申しわけないことをいたしました」

分銅屋仁左衛門が詫びた。

「雇い主になにかあっては用心棒の意味がないと叱られたわ」

左馬介がなんともいえない顔をした。

「いかがでございますか。一度長屋へお帰りになっては。今日はどこにも出かけませんので、日が暮れる半刻ほど前にお戻りいただければ結構でございますよ」

新しい長屋で寝直せばどうだと分銅屋仁左衛門が勧めた。

「よいのか。いや、ありがたし。そうさせてもらおう」

左馬介は喜んだ。

新しい長屋へ行くには、近所へ引っ越しの挨拶をするための買いものをしなければならない。左馬介は浅草門前町の小間物屋へ赴き、手ぬぐいを自分用も合わせ十枚買った。

「蕎麦がよいというが、今からでは間に合わない」

朝から開いている蕎麦屋はなかった。

江戸は男が多い。これは天下の城下町として膨張し続ける江戸に、職人たちや仕事を求める者たちが集まってくるからであった。

やっていけるかどうかわからない。江戸で一旗揚げたいと考えている連中は、まだ明日に不安を持っている。田舎から妻や娘などを連れて来ない。男ばかりが江戸へ出てくることになる。

また、参勤交代で一年だけ江戸へ出てくる勤番侍は単身赴任である。

結果、江戸は男であふれた。

自炊をする者もいるが、そのほとんどは外食ばかりになる。江戸は夜明け前から食事のできる場所が開いていた。

とはいえ、腹持ちの悪い蕎麦は、これから働きに行こうかという人足や大工、左官などの職人には不評であった。

蕎麦屋はゆっくりと酒を飲みながら、のんびり過ごすときの食べものであり、商家の主や芝居見物などにいく女子供の社交の場に近かった。

もちろん、その日暮らしの浪人を含む長屋の住人などは蕎麦屋にいかない。蕎麦屋で盛りを一枚食べる金があれば、夜鳴き蕎麦なら三回、そのあたりの煮売り屋で腹一杯食べられるからだ。自炊すれば、二日は持つ。

蕎麦屋の蕎麦は、長屋の住人にとってあこがれであった。

とはいえ、証文の後出しで、挨拶を後回しにして近所づきあいに支障が出ても困る。

とりあえず、左馬介は手ぬぐいを挨拶の品として選んだ。

「蕎麦は後日、両隣と真向かいに配ればいいか」

長屋は一つに違いないが、どうしてもつきあいに浅い深いは出る。あるだけに近い薄い壁を共用している両隣には迷惑をかけることも多い。

とくに左馬介のような独り者で、用心棒という不安定な仕事をしていると、夜中に帰ってきたり、しばらく留守をしたりしがちである。そのとき、留守を頼めるのは両隣、あるいは戸障子からの出入りを見張れる真向かいだけであった。

「両隣がよい人であればいいがの」

濃いつきあいをするだけに、隣人の気質は気になる。どれほどいい長屋でも、隣がろくでもないと、たちまち生活は地獄になった。

左馬介は手ぬぐいを手に、新居となる長屋へ向かった。

「まずは木戸番どのからじゃ」

夜中に帰ってくるときもある。左馬介は木戸脇の長屋に声をかけた。

「朝早くからすまぬ。三軒奥に越して来た者じゃ」

「ちょいとお待ちを」

すぐに戸障子が開き、なかから老年の男が顔を出した。

「諫山左馬介と申す。本日より世話になる」

手ぬぐいを差し出しながら、左馬介は名乗った。

「これはごていねいに。分銅屋さんから伺っておりますよ。分銅屋さんの用心棒だとか」

老人が手ぬぐいを受け取った。

「二平と申します。指物師をしておりまする。かかあに先立たれての一人暮らしでございますので、遠慮なくご入り用のときはお声をおかけください」

夜中でもかまわないと老職人が言った。

「すまぬ。迷惑をかけると思う」

一礼して、左馬介は次へと移った。

「諫山左馬介でござる。よしなに願う」

木戸に近い隣室を左馬介は訪れた。

「こちらこそ、よろしくお願いいたしまする」

応対したのは中年の女であった。お歯黒を染めていることから人妻だとわかった。

「華と申します。夫は両国の讃岐屋で番頭をいたしております。今は仕事で留守をしておりますが」

華と名乗った女が、告げた。

「真向かいのおうちは、お留守かの」

先に訪れた真向かいの長屋の応答がなかった。左馬介は問うた。

「あそこは大工の吉兵衛さんがお住まいで、雨でもない限り、日のあるうちはいませんよ」

華が教えてくれた。

「さようか。では、雨風の日にお邪魔するとしよう。ごめん」

華のもとを辞した左馬介は、最後に残した長屋の奥側の隣家を訪れた。

「本日より隣に住みまする。諫山左馬介と申す」

「これはごていねいなご挨拶、ありがとうございまする」

応対に出てきたのは、若いというより年増に含まれる美しい女であった。

「その声は村垣どのか」

左馬介は目を剝いた。

「ふん。さすがに気づいたか」

村垣伊勢が口調を変えた。

「なぜ、ここに」

「そのていどのことを訊くとは……」

驚いて問うた左馬介に、村垣伊勢が嘆息した。

「わたくしが芸者をしていることは知っているだろう」

「聞いたし、見た」

堀端ですれ違った艶姿を、左馬介ははっきりと覚えていた。

「芸者には贔屓筋がいる」

「……………」

贔屓筋とは、特定の芸者をかわいがる客のことだ。いい贔屓筋を持つと、宴席に呼んでもらえるだけでなく、季節の着替えの着物から帯、かんざしなどに苦労しなくなる。

もっとも恩が重なると、どこかで返さなければならなくなる。となれば芸者にできることは一つ、身体を預けなければならなくなった。

「その顔は下種なことを考えているようだが、これでもお庭番筋ぞ。旗本の女が、そうそう操を使えるか」

「いや、決してそのような……」

村垣伊勢に考えたことを見抜かれた左馬介がおたついた。

「宴席で遅くなったときなど、贔屓筋が家まで駕籠を出してくれる。まさか、駕籠を組屋敷まで担がせるわけにもいくまいが」

「たしかに」

そんなことをしたら、すぐに正体がばれる。

「芸者の加壽美としての居場所がなければまずいだろう。でまあ、ここを借りている」

村垣伊勢が源氏名を教えた。

「どのくらいお住まいだ」

「三年になる」

訊いた左馬介に、村垣伊勢が答えた。

「このことを分銅屋どのは」

「知るまいな。芸者として会ったことはない。それにここを借りるときの手続きは、別の者がやったのでな」

村垣伊勢が首を左右に振った。

「わかっているだろうが、しゃべれば……」

「言わぬ」

雇い主の危険につながるならば、黙っているわけにはいかないが、村垣伊勢はどちらかといえば助けになる。分銅屋に近いところで村垣伊勢たちに連絡が取れるのはありがたかった。

「一つ訊いてよいか。あの夜の敵はどうなった」

気になっていたことを左馬介は尋ねた。

「言わずともわかろう」

冷たく村垣伊勢が告げた。

「…………」

考えれば当然であった。分銅屋が襲われたならば、その犯人は町奉行所に預けるのが普通である。しかし、それは悪手であった。

江戸の町は平穏である。掏摸やこそ泥はそれこそ掃いて捨てるほどいるが、表通りに店を構える大店を襲うような盗賊はまずでない。人殺しも同じである。どちらも事件が起これば、大きな話題になる。それこそ、浅草門前町の噂を独占する。

当然、分銅屋が目立つ。衆目を集めてしまうと身動きがしにくくなる。少なくとも、将軍側近として知られている田沼意次は出入りできなくなる。

「強盗に襲われた両替商にお側御用取次さまが……」

たちまち噂は広がり、目付の興味を引くことになりかねなかった。

「しかし、それでは裏にいる者が誰かわからぬであろう」

死人に口なしだと左馬介は言った。

「口はなくとも顔はあるだろう」

村垣伊勢が反論した。

「似顔絵……」

「ほう。それに気がつくくらいの頭はあったか」

小さく村垣伊勢が笑った。

「江戸は地域のつきあいが濃い。うまくすれば似顔絵で身許は知れる。それよりも、似顔絵が出回っているというだけで、動き出す者がでよう」

黒幕のあぶり出しだと村垣伊勢が述べた。

「……悪いが失礼していいか。眠くて頭が回らん」

左馬介が勘弁してくれと言った。

「情けない。一日や二日寝なくても大丈夫なように鍛えよ」

村垣伊勢があきれた。

「そういう生き方をしてこなかったのでな」

手をあげて左馬介は別れを告げた。

「これから、よろしくおつきあいのほどをお願いいたしまする」

途端に声音を芸者のものに変えて、村垣伊勢が三つ指を突いて見送った。

「わからん。女はわからん」

自宅の戸障子を開けながら、左馬介は首をひねった。

長屋での生活を続けたくとも、町奉行所をあてにできない左馬介は分銅屋仁左衛門の側をそうそう離れるわけにはいかなかった。

「さて、行きますか」

分銅屋仁左衛門が、千種の屋敷へと目をやった。

「外で待っていればよいのだな」

「はい。相手は旗本とはいえ、勘定方の不正を糺す吟味役に就いておりながら借財を踏み倒そうとする恥知らずでございまする。それこそ、わたくしを屋敷のなかでどうこうしようと考えかねませんからね」

信用など端からしていないと分銅屋仁左衛門が断言した。

「わたくしではなく、屋敷の者が近づいてきたときは……」

「この帳面を持って評定所だな」

「はい」

万一の保険を分銅屋仁左衛門は左馬介に預けていた。

「お願いしますよ」

「雇われている限り、裏切らぬ」

金に転ぶことはないと左馬介は宣した。

「分銅……」

「入れ」

名乗る前に潜戸が開いて鈴木が促した。

「では、先生、お願いしました」

「任せろ」

わざと振り向いた分銅屋仁左衛門に、左馬介が手をあげて応じた。

「供ならば、屋敷のなかで待たせればいい」

鈴木が勧めた。

「いえ。半刻ほどしたら、評定所へ向かってもらわなければいけませんので」

「評定所だと」

「はい」

「…………」

にこやかにほほえみながらうなずいた分銅屋仁左衛門に鈴木が鼻白んだ。

「……参れ」

しばらく考えていた鈴木が、分銅屋仁左衛門を急かした。

千種忠常は勘定方一筋に来た老練の役人であった。歳も分銅屋仁左衛門とほぼ変わらなかった。

「先日は訪ねてもらったが、留守をして悪かったな」

「とんでもございません。前触れもいたしませず、不意に参ったわたくしが行き届きませんでした」

最初は詫びの応酬であった。

「用人に聞いたが、駿河屋のことだそうだな」

「はい。駿河屋さんの後をわたくしが請け負いましたので」

空き家を買っただけだが、偽りではなかった。分銅屋仁左衛門が駿河屋の商売を継いだとは一言も口にしていない。

「当家が駿河屋とつきあいがあったのは確かである」

「………」

呼び出した段階で、駿河屋とのかかわりを隠すことはできない。関係がないならば、分銅屋仁左衛門の話を無視すればいい。どころか、町奉行所を通じて一言叱ればすむ。

それをせず、人気のないころあいに呼び出した。これは駿河屋から金を借りていたと白状したも同じであった。

「ただ、借財は返済し終わっているはずである。詳細は知らぬ。委細は用人に任せておったゆえな」

「それはみょうでございますね。わたくしが手にした帳面によりまするると、お貸ししたお金は一文たりとても返済されておりませんでしたが」

　言いながら分銅屋仁左衛門は内心で驚いていた。用人に任せていたと言ったことで、不都合が出てきたとき、すべてを鈴木に押し被せて、己は知らなかったを通すつもりだとわかったからだ。

「ほう。では、その帳面を出せ」

　千種忠常が命じた。

「持参しておりません」

「なんだと。では、証拠もなしに千種家を金も返さぬと申したのだな」

「帳面などの書付はすべて店に置いておりますので」

　声を荒らげた千種忠常に、分銅屋仁左衛門は冷静に応じた。

「持ってこさせよ」

「お断りいたしまする」

一言で分銅屋仁左衛門が拒絶した。

「なにっ」

商人風情に断られると思ってもいなかったのだろう。千種忠常が唖然とした。

「帳面は商人の命。それを他人の掌(てのひら)に預ける者などおりません」

「きさま、わかっておるのか。儂は勘定吟味役であるぞ。そなたの両替商の株を取りあげるなど簡単なことだぞ」

千種忠常が脅した。

「殿……」

同席していた鈴木が割って入った。

「なんだ」

「表に供の者を残しておりまする」

鈴木が分銅屋仁左衛門を見ながら告げた。

「………」

千種忠常が黙った。

「こちらは返してもらっていない」

当たり前である。分銅屋仁左衛門が貸したわけではない。

「そちらは返したと仰せになる」

分銅屋仁左衛門が嘆息した。

「当家を疑うか」

主の代わりに鈴木が怒った。

「水掛け論でございますな」

分銅屋仁左衛門が一度言葉を切った。

「こうなってはいたしかたございませぬ」

「わかったか。当家は駿河屋ともうかかわりはない」

小さく首を横に振りながら言った分銅屋仁左衛門を見てあきらめたと勘違いした鈴木が、念を押した。

「評定所さまにご判定を願うしかございませぬな」

「なにを申すか」

「こやつっ」

鈴木と千種忠常が驚愕した。

旗本にとって目付の次に鬼門なのが評定所であった。評定所は大名、旗本の罪について審議するところであり、町人でも訴えは出せた。その多くは商売での不払い、あるいは借財の不返済であったが、なかには目に付いた町人の娘をさらっていった旗本への返還訴訟などもあった。

もちろん、審議する場であるから無罪となることはある。いや、旗本というより幕府の権威を護(まも)るため、町人の訴えは棄却されるほうが多い。

しかし、だからといって無罪放免とはいかなかった。

「金を払い忘れるようでは、お役目を果たせまい」

「借財を遅らせるような輩に勘定方はいかがなものか」

訴えられただけで、まず出世は消えた。

必死に賄賂を断って清貧を続け、ようやく勘定吟味役になれた。勘定吟味役を勤めあげると遠国奉行や御広敷(おひろしき)用人などを経て二の丸留守居まであがれる。本録三百石内外の小身旗本としては、望外に近い出世になる。遠国奉行であろうが、御広敷用人であろうが、二の丸留守居であろうが、布衣(ほい)格以上を経験しておけば、無役になったとしても小普請ではなく寄合となる。

寄合は小普請よりも格が高く、無役から役付きになりやすく、なれる役目も最初からよいものになる。父親が布衣格まであがってから隠居すれば、家を継いだ息子に出世街道は開かれる。

そして息子が失敗せずに、出世を続ければ、孫の代には千石取りも夢でなくなる。ようやく見えた光明が、無に帰す。千種忠常と用人の鈴木が焦ったのも無理はなかった。

「……鈴木」

「…………」

千種忠常に見られた鈴木が首を横に振った。

「ここでわたくしを片付けてしまおうとお考えでしたら、お止めになられたほうがよろしゅうございますよ。御用人さまはおわかりのようでございますが」

「表の用心棒など、こやつが呼んでいると言って誘いこめば……」

千種忠常が反論しかけた。

「わたくし以外の者が近づけば、その場から評定所へ走りますよ」

分銅屋仁左衛門が礼儀を捨てた。

「きさま……」

「さて、お話はここまでのようでございますな。では、お邪魔をいたしました」

茶どころか白湯さえ出ていない。分銅屋仁左衛門に遠慮する理由はなかった。

「近藤のもとへ行くつもりだな」

「………」

　確認した千種忠常へ分銅屋仁左衛門が無言で口の端を吊りあげた。

「それはならぬ」

　格下の商人に嘲弄されたに近い。千種忠常が憤った。

「殿、お静まりを。分銅屋、態度に気を付けろ」

　鈴木が割って入った。

「むう」

「失礼をいたしました」

　千種忠常が唸り、分銅屋仁左衛門は口だけの謝罪をした。

「お任せを。殿」

　鈴木が主君を押さえた。

「……わかった」

　不満たらたらの顔で千種忠常がうなずいた。

「分銅屋」

「なんでございましょう」

　鈴木と分銅屋仁左衛門が向き合った。

「どうやら互いに齟齬があるようだ。ここは一度互いに引いて、あらためて話をせぬか。当家も借財について調べるゆえな」

「結構でございまする。ただ、一カ月も二カ月もはご勘弁ください。こちらも商売でございますので」

分銅屋仁左衛門が引き延ばしは認めないと釘を刺した。

「わかっておる。十日後でよいか」

「承知いたしました。では、十日後の昼八つ（午後二時ごろ）、店までご足労くださいませ」

二人で打ち合わせをした。

「では、本日はお邪魔をいたしました」

分銅屋仁左衛門は千種家を辞した。

「お待たせを」

「無事であったか」

待っていた左馬介が安堵の表情をした。

「家を潰す覚悟がないかぎり、町人とはいえ屋敷内で人は殺せませんよ」

無礼討ちは通らない。斬り捨て御免は言葉だけのもので、どのような事情があろうとも、一度は目付の取り調べを受けることになる。

「覚悟があったらどうするつもりだったのだ」

左馬介は分銅屋仁左衛門を叱った。

「……いや、申しわけございませんでした」

分銅屋仁左衛門が詫びた。

「ですが、今日は大丈夫でございますよ。わたくしがどのような手札を持っているかを確認するためでしたから。まあ、さすがにその手札を持参していたら危ないですがね。手ぶらのわたくしを殺したら、手札はまちがいなく評定所行き。そうなっては家が潰れるだけでなく、当主は切腹、用人らは死罪。勘定吟味役まであがったお方が、そこまで愚かではありませんから。わざと旗本の権威をひけらかして、わたくしを脅すようなまねをされてましたがね。目が醒めてました。かっとなるようじゃ、他人を蹴落として出世なんぞできません」

しっかりと分銅屋仁左衛門は千種忠常を見ていた。

「……なるほど。で、これからはどうなる」

左馬介も今日はという分銅屋仁左衛門の言葉を聞き逃していなかった。

「さすがに加賀屋と同じまねはしてこないでしょう」

「無頼に店を襲わせるなどはないと」

左馬介が確認した。

「その伝手がございませんし、ああいった連中は金で飼うしかありませんからね。たかが五百石のお旗本に無頼の一団を飼いつづけるだけの余力はない。一度限りと思っても、無頼は壁蝨と同じ。一度喰い付いた獲物からは血を吸い続けます。それこそ、わたくしを殺せという依頼を出汁に、ずっと千種家をゆすりましょう。それに気づかぬはずもなし」

分銅屋仁左衛門が説明した。

「となると……」

「相手はお勘定吟味役さま。金のことで攻めてこられましょう。そう、例えば小判と銭の相場に介入するなどして」

「できるのか、そんなことが。小判と銭の相場は、米の出来不出来で決まるのだろう」

左馬介が怪訝そうな顔をした。

「米一石が小判一枚。これが決まり。とはいえ、これは慣例ですからね。定めではございませんし、なにより小判が銭六千枚ほどというのは庶民の作った相場。そこに御上が介入されるのは過去にも例がありましたし。かなり昔になりますが、小判一枚四千文だった幕初に倣い、小判一枚銭六千文は高すぎるとお触れを出されたことがございました」

分銅屋仁左衛門が続けた。

「もっとも実情に合わない銭勘定など、いかに御上でも押しつけられません。小判一枚四千文だと相場より二千文も減らされるわけでございますからね。誰も両替に応じなくなります」

「となれば両替商が困るではないか。両替商は小判と銭の交換で手数料をもらっているのだろう」

左馬介が顔色を白くした。

「言いましたでしょう。実情との差が大きければ大きいほど、世間は応じないと。そんな無茶な相場、困るのは両替屋よりも他の方々。なによりもお武家さまが泣きますよ。米一石で六千文もらえていたのが四千文に減るわけですからね。ご老中さまでも収入が三分の二になってはやっていけませぬ」

「たしかにそうだな」

収入は減るが、物価は変わらないのだ。今まで小判一枚で買えていたものに一両二分支払わなければならなくなる。内証逼迫で借財している武家に耐えられるはずはなかった。

「まあ、初手はその辺りからでしょう。勘定吟味役さまとはいえ、お武家には違いありません。幕府の命は絶対だとお考えでしょうし。問題はその手が効かなかったと理解した後」

分銅屋仁左衛門が遠ざかる千種の屋敷を振り向いた。

「どうこられようとも同じ。金で商人に戦いを挑もうなど、百年早いことを思い知らせて差しあげますよ」

分銅屋仁左衛門が声をあげて、笑った。

〈つづく〉

あとがき

「日雇い浪人生活録」の第二巻をお届けします。

二〇一六年五月に始めました物語は、皆様のおかげでご好評をいただき、思わぬ版を重ねさせていただきました。

厚く御礼を申し上げます。

さて、先日同じ時代小説作家の方とお話しする機会がありました。

「江戸時代のお金をテーマにしたシリーズを始めはったけど、あれ、たいへんやろ。よう手出ししたなと感心してるわ」

年齢が近く、出身地も同じ大阪で親しくさせていただいているその作家氏が、白ワインを手にこう言われました。

「いろいろな資料をひっくり返して、それでもわからないことばっかりで、正直、とんでもないことに手出ししたなと後悔してる」

それに対し、わたくしはこう答えました。

江戸時代はかなり現代と違っています。

その最たるものは身分制度でしょう。最近の研究で、士農工商という区分けは明治に入ってから新政府が江戸幕府を貶めるためにねつ造したものだと判明したようですが、それでも武士と庶民という大きな壁はありました。

もっともその武士の先祖が、かなり怪しい出自ばかりなので、江戸時代が下るにつれてかなり緩くなって行きました。

その緩さの原因が、お金でした。

武士は主君から与えられた禄で生活をする。武士の収入源である禄は、ご恩とご奉公という形式に則っており、本人あるいは先祖が立てた手柄によって嵩が上下する。なかには、主君に気に入られたとか、妹を側室に差し出したとかで禄をもらった者もいるが、基本は手柄との交換です。

そしてなによりすごいのが、禄は世襲できるという点です。先祖が禄を受けていれば、その子孫は何一つ功績を挙げていなくても、そのまま受理できるのです。

ただし、なにもなければ禄は増えません。

とはいえ、戦がなくなってしまえば、武士の活躍の場はなくなりました。戦場で敵の首を獲る、一番槍を付ける、一番乗りをする、殿を務めるなどして、武士の禄は増えました。その手段が泰平によってなくなってしまった。

それどころか、参勤交代やお手伝い普請で大名家の財政は悪化、家臣たちにしわ寄せがいきました。半知借り上げという名の禄半減、下手をすればご奉公構いという放逐が武士を襲います。

浪人は武士ではなくなります。代々与えられていた禄を奪われた武士に、現実は厳しかったのではないでしょうか。

頭をさげることを知らず、田を耕すこともせず、ものを作る技量もなく、商いで儲ける能もない。その日、その日を生きていくのが精一杯の日雇いしか手段はなくなる。浪人はまさに一日、一日が勝負でした。

では、残された武士たちはどうだったのでしょう。

収入が減れば、生活を変えなければならなくなります。

白米を麦飯に、季節ごとに作っていた着物は古着に、数人雇っていた女中は一人にと緊縮しなければならないのです。

それでも食べていけた者は幸いです。なかには食べられなくなる者も出てきました。もともと禄が少ない者、身分に応じた格を維持しなければならなかった者は、収入の範囲でやっていけません。

お金が足りない。しかも、増収を図る手段がない。なにせ武士には身分というものがついて回ります。わたくしたちのように、ちょっと今月厳しいから、決まった会合を欠席しようとか、足りない分を補うために外で働くというわけにはいかないのです。

しかし、お金は要る。となれば、借金をするしかなくなります。

借金は一時的なものであるべきです。人には急な出費や入り用というものがありますので、借金自体を悪として否定はできませんが、かならず返さなければなりません。倹約も増収もできない武士が一度借金をしてしまうと、抜け出せなくなります。当たり前ですが、翌年も足りなくなるわけですから。

足りないから借りる。それを毎年重ねます。現代ならば、どこかで破綻します。借金を返せなくなり破産するか、持っているものすべてを奪われるかとなり、二度と借金はできなくなります。返せない者に貸す人はいません。

しかし江戸時代、武家は、よほどのことがない限り借り続けられました。そう、禄があるからです。

禄よりも利子が少ない間は、元金の返済は無視できます。ですが、元金を返せず、借金を繰り返せば、いずれ利子が年収をこえます。こうなるともう終わりです。さすがに新たな借金は認められません。どころか強硬な取り立てに遭います。

娘がいれば売る。あるいは借金の形に嫁に出す。事実、関西のとある外様名門大名家は鴻池から借りた借財がふくれあがりどうしようもなくなったため、藩主公の姫を鴻池の番頭に嫁がせ、その番頭を勘定奉行として財政再建に挑みました。うまくいったかどうかはわかりませんが、幕末までその大名は存続しました。

さて、そんな年頃の娘がいない武家はどうするか。

系図を売るのです。武家の家系に町人を付け足し、名門の末との形を作り、身分の壁を破らせる。これだけですめばまだましでした。ひどければ、町人を養子に迎え、家督を譲るときもありました。

系図というより、身分を売ったわけです。家を町人の養子に渡し、己はわずかばかりの生活費をもらって生きる。株の売り買いと呼ばれたこれは元禄のころから増え始めます。

いわずもがな、これは違法です。身分制度という幕府の根本、ご恩とご奉公という武士の基幹を揺るがす行為ですから、幕府も諸大名も厳しく取り締まりました。見つかれば、売った当主は切腹、買った町人は死罪、家は改易になります。

それでも株の売り買いは絶えませんでした。

命を懸けてまで、武士はお金が必要だった。いや、稼げなかった。命を懸けてまで、庶民は身分を欲しがった。いや、金のない武士に頭をさげるのが嫌だった。

身分をこえるもの……それが金でした。

武家が金の主人でなくなった元禄のころに、幕府はすでに崩壊していたのかも知れません。

かつてのバブルは元禄時代にたとえられました。江戸時代、贅沢を謳歌した元禄の次に来たのは八代将軍吉宗による享保の改革でした。田沼意次の登場でふたたび贅沢享楽の世になり、やがて力を失った徳川幕府は倒れ、明治維新を迎えました。

これを今になぞらえると……バブル（元禄）、不景気（享保の改革）、アベノミクス（田沼の時代）による景気回復と来ています。

さて、現代の明治維新はいつ、どのような形でやってくるのでしょう。

明治維新は日本を変えました。ただ、その富国強兵策の結果、日本は戦争へ向かいました。わたくしはその点だけで明治維新をいいものとは認めていません。

いずれ来るだろう、維新が子孫たちにとってよきものであることを祈ります。

平成二十八年十月　秋の長雨の夜に……

上田秀人　拝

本書は、ハルキ文庫のための書き下ろし作品です。

う 9-2

日雇い浪人生活録㊁ **金の諍い**

著者 上田秀人

2016年11月18日第一刷発行

発行者 角川春樹

発行所 株式会社 角川春樹事務所
〒102-0074 東京都千代田区九段南2-1-30 イタリア文化会館

電話 03(3263)5247[編集] 03(3263)5881[営業]

印刷・製本 中央精版印刷株式会社

フォーマット・デザイン＆シンボルマーク 芦澤泰偉

ISBN978-4-7584-4046-2 C0193

http://www.kadokawaharuki.co.jp/[営業]
fanmail@kadokawaharuki.co.jp[編集] ご意見・ご感想をお寄せください。

岡本さとるの本

不惑

新・剣客太平記五

剣術道場師範・峡竜蔵は、剣のさらなる高みを目指し、修錬を重ねていた。ある日、一番弟子・庄太夫と歩いているとき、何者かにつけられていることに気づく。弟子たちにその正体を探らせると、すぐに羽州の若月家屋敷の武士たちだと知れた。若月家と聞き、幼き頃に父・虎蔵と巻き込まれたお家騒動が蘇るも、以来何も関わりはなかったはず。三十年近く経った今、なぜ竜蔵を嗅ぎまわるのか。そんな折、竜蔵は思わぬ務めを任され……。不惑を迎えた剣士・竜蔵の新たなる挑戦を描く、活力溢れるシリーズ第五弾。

ハルキ文庫

坂井希久子の本

ほかほか蕗ご飯

居酒屋ぜんや

家禄を継げない武家の次男坊・林只次郎(ただじろう)は、鶯が美声を放つよう飼育するのが得意で、それを生業に家計を大きく支えている。上客の鶯がいなくなり途方に暮れていたある日、暖簾をくぐった居酒屋で、美人女将・お妙の笑顔と素朴な絶品料理に一目惚れ。青菜のおひたし、里芋の煮ころばし、鯖の一夜干し……只次郎はお妙と料理に癒されながらも、鶯を失くした罪の念に悶々とするばかり。もはや明日をも知れぬ身と嘆く只次郎が陥った大厄災の意外な真相とは。心和む連作時代小説、新シリーズ開幕。解説・上田秀人。